TIME
Roulette
타임룰렛

초판 1쇄 인쇄일 2017년 12월 7일 | **초판 1쇄 발행일** 2017년 12월 12일

지은이 최예균 | **펴낸이** 곽동현 | **담당편집 팀장** 이범수
편집부 신연제 김예리 이윤아 홍현주 김유진 조서영 임소담 정요한 김미경 박수빈

펴낸곳 (주)조은세상 | **출판등록** 제 2002-23호
주소 경기도 연천군 미산면 청정로 1355
TEL 편집부 02)587-2966 | FAX 02)587-2922
e-mail bukdu@comics21c.co.kr

최예균 ⓒ 2017
ISBN 979-11-6171-454-7 | ISBN 979-11-6171-108-9(set) | 값 8,000원

※잘못 만들어진 책은 바꿔 드립니다.
※저자와의 협의에 의해 인지는 생략합니다.

TIME ROULETTE

타임룰렛 7

최예균 현대판타지 장편소설

NEO MODERN FANTASY STORY

CONTENTS

CONTENTS

TIME ROULETTE
타임룰렛

Chapter 75. 과거의 유산

"갑자기 경복궁은 왜 보시는 겁니까?"

안 집사가 고개를 갸웃거리며 물었다.

그의 물음에 홀로그램으로 표현된 내탕고를 유심히 살피며 말했다.

"안 집사님, 혹시 내탕고라고 들어보셨습니까?"

잠시 생각하는 듯 보이던 안 집사가 고개를 끄덕였다.

"내탕고라면, 조선 시대 왕들의 사유 재산을 보관했던 창고로 알고 있습니다. 그 창고를 따로 관리하던 이들은 왕을 모시던 내관들이었지요."

"정확히 알고 계시네요."

그룹을 이끄는 회장의 자리는 단지 돈이 많다고 해서 앉을 수 있는 자리가 아니다.

아니, 앉을 수 있다고 해도 더 어려운 것은 그 자리를 유지하는 것이었다.

더욱이 그게 자수성가를 해서 이룬 자리라면, 그 사람이 좋은 학교를 나왔고 나오지 않았는가는 이미 따질 문제가 아니었다.

살아오면서 겪은 경험만으로도 그가 가진 지식과 상식은 학교에서 배울 수 있는 수준을 뛰어넘었기 때문이었다.

씩-

입가에 미소를 짓고는 말을 이어갔다.

"그럼, 혹시 그 내탕고 중에서 숨겨진 창고가 있다는 것도 아십니까?"

"네?"

"지금 저희가 보는 이 홀로그램에서는 보이지 않는 공간. 조선을 세운 태조(太祖) 이성계가 재물이 부족해진 왕이 백성의 소유를 탐하는 것을 방지하고자 만들어 놓은 비밀 창고가 존재한다면, 안 집사님께서는 믿으시겠습니까?"

"……"

안 집사가 당황한 표정으로 나를 쳐다봤다.

그도 그럴 것이 지금까지 살면서 단 한 번도 들어본 적이 없는 말이었기 때문이다.

"나이트, 혹시 지금 홀로그램으로 나타난 것 중 특정 부분의 구조를 파악할 수 있을까? 지금 내가 확대한 건물 위주로 말이야."

[안타깝지만, 관련된 정보가 없습니다.]

"흐음."

입 밖으로 얇은 신음이 새어 나왔다. 전혀 예상하지 못했던 대답은 아니었다.

애초에 나이트가 아무리 대단한 인공지능이라고 해도 그지식의 바탕은 네트워크를 기반으로 하고 있다.

그 공간에 아무런 기록과 흔적이 남아 있지 않다면, 나이트라고 해도 알아내는 것은 불가능했다.

"……정말 저곳에 그 비밀 창고가 실재한다는 말씀이십니까?"

반신반의하는 어투로 안 집사가 물었다.

시선을 돌려 그의 눈을 쳐다본 나는 한 치의 망설임도 없이 고개를 끄덕였다.

"정조 사후 누군가 저곳을 폐쇄하지 않았다면, 분명히 있을 겁니다. 그것도 보물, 아니 국보급의 유물들이요."

안 집사가 오른손으로 자신의 턱을 쓰다듬었다.

"솔직히 말씀드리면, 지금의 말씀은 믿기 힘든 게 사실입니다."

이해한다. 오히려 미친 것이 아니냐는 반응을 보이지 않은 것만으로도 다행이었다.

"하지만……."

잠시 말을 멈췄던 안 집사의 입가에 나와 비슷한 미소가 생겨났다.

"제가 모시는 에이션트 원의 말씀이라면, 설령 팥으로 메주를 쑨다고 해도 믿을 수밖에 없겠군요."

대답을 끝낸 안 집사의 시선이 확대되어 있는 홀로그램으로 향했다.

"경복궁이라. 저곳의 출입이야 그리 어려운 일은 아닐 겁니다. 방송 촬영이나 관광 목적으로 서울 시청에 협조를 구하면, 대규모의 인원이 들어가는 것도 가능하니까요. 아! 그래도 방송 촬영이 좋겠군요. 야간 촬영이라고 하면, 다른 관광객들이 없는 시간에 출입이 가능할 테니까요."

내 말을 믿기로 결정을 한 순간 안 집사가 바라보는 그림에 의문 따위는 없었다.

유물을 꺼내겠다는 내 목표에 따라서, 어떻게 하면 이를 실현시킬 수 있을까 하는 생각뿐이었다.

그 모습에 절로 기운이 솟아났다.

누군가 아무런 이유 없이 자신을 신뢰해준다는 것은 경험해 본 사람만이 아는 참으로 행복한 일이었다.

"방송 촬영으로 접근하는 것도 좋지만, 사람이 많으면 오히려 예상치 못한 문제가 생길 수 있습니다. 자칫 저곳에서 유물을 꺼냈다는 소리가 흘러나오기라도 한다면, 곤란해지는 건 저희 쪽이니까요."

비록 세상에 알려지지는 않았지만, 엄연히 국가에서 관리하고 감독하는 곳에 침입해서 벌이는 행위였다.

일의 전말이 드러난다면, 일부 동정은 받을 수 있겠지만 면죄부를 받는 것은 불가능했다.

이리저리 대안을 궁리하던 안 집사가 입을 열었다.

"그럼, 차라리 정부나 문화재청에 알리는 건 어떠십니까?"

일리 있는 제안이기는 했지만, 난 별다른 고민 없이 고개를 흔들었다.

"그럴 바에는 차라리 고양이에게 생선을 맡기겠습니다. 애초에 지금까지 개인이 기부했던 그 수많은 문화재가 왜 소리 소문 없이 사라졌겠습니까? 그들의 암묵적인 묵인이 없었다면, 불가능한 일이었습니다."

안 집사의 권유대로 비밀 창고의 존재를 문화재청에 알릴 생각을 하지 않았던 것은 아니다.

하지만 인터넷을 통해 과거의 비슷한 사례들을 검색을 해본 결과, 정부와 문화재청은 아니라는 결론을 내렸다.

실제로 개인이 평생 동안 모은 문화재를 기부했지만, 관리 부실과 예산 문제를 핑계로 수많은 문화재가 행방불명된 사례가 여럿 있었다.

그럼, 과연 그렇게 행방불명된 문화재들은 어디로 갔을까?

'국내가 됐든 해외가 됐든 누군가의 창고 혹은 금고에서 잠들어 있겠지.'

이런 사실들이 공공연히 알려져 있는데, 머저리처럼 비밀 창고의 존재를 문화재청에 알려줄 생각은 추호도 없다.

"흐음, 알겠습니다. 그러면 일단 입이 무거운 친구들을 알아봐야겠군요. 그리고 사람을 시켜 촬영 명목으로 야간에 경복궁 통행이 가능한지 알아보겠습니다."

"부탁드리겠습니다. 그리고 나이트, 만약 일이 시작되면 우리가 출입하는 시간대의 CCTV를 잠시 멈출 수 있을까? 할 수 있다면, 그날 관련된 기록도 지웠으면 좋겠는데."

사람의 기억은 시간이 지나면 흐릿해지고 지워지기 마련이다. 하지만 기계가 가진 기억은 세월이 지나도 반영구적이다.

그렇기 때문에 문제가 될 수 있는 기록은 최소한으로 만드는 게 좋다.

어느 날 누군가 우리의 행동에 의문을 품고 조사를 시작할 수도 있기 때문이었다. 또는 세월이 흘러, 누군가가 당시의 일을 영웅담처럼 떠벌릴 수도 있다.

하지만 그와 관련된 그 어떤 기록도 존재하지 않는다면 어떨까?

누군가는 이상하게 생각할 수도 있지만, 결국 시간의 흐름에 날아가 버린 잘못된 기억, 혹은 우스갯소리로 치부될 것이다.

그래서 조선 시대의 사관은 그게 좋은 기록이든 나쁜 기록이든 필사적으로 남겼던 것이다.

후손들이 입에서 입으로 전해지는 말이 아닌, 자신들이 남긴 기록을 통해 훗날 그 시대의 왕을 평가 혹은 기억해주길 바라면서 말이다.

"나이트, 가능하겠지?"

[그건 불법입니다.]

"어?"

전혀 생각하지 못한 대답이 나이트에게서 흘러나왔다.

당황하는 사이 나이트의 목소리가 다시 들려왔다.

[농담이었습니다. 제게는 합법이든 불법이든 에이션트 원의 명령이 절대적이니까요.]

"……."

[해당 시간대의 CCTV는 물론 출입 기록, 관련된 사항을 전산망에서 모두 삭제 및 변경할 수 있습니다. 단, 수기로 작성된 부분은 저로서도 어쩔 수 없습니다.]

지금과 같은 시대에 누가 일일이 손으로 체크를 하겠느냐만, 장담할 수는 없는 일이었다.

"아무래도 이 부분은 안 집사님께서 챙겨주셔야 할 것 같습니다."

"알겠습니다. 제가 알아보도록 하겠습니다."

"이거 일은 제가 저지르고 수고스러운 일은 전부 안 집사님에게 맡기는 꼴이네요."

미안한 마음이 들지 않을 수 없었다. 정작 일을 벌인 건 난데 고생해서 움직여야 할 사람은 안 집사님이었다.

어린아이 같은 천진난만한 미소를 머금은 안 집사가 자신의 심장에 손을 올리며 말했다.

"하하! 이 정도야 수고라 할 게 있겠습니까? 게다가 뭔가 비밀 작전을 수행하는 것 같아서 심장이 두근거립니다."

[에이션트 원, 저도 있다는 걸 잊지 말아주셨으면 합니다.]

"그래, 너도 고맙다. 아, 그리고 한 가지 더 물어볼 게 있는데, 혹시 한국대학교 법대생 중에 정재훈이란 사람에 대해서 알 수 있을까?"

팟!

질문을 한 지 불과 수 초도 되지 않아 눈앞에 새로운 홀로그램 창이 떠올랐다. 조금 전에 물어본 정재훈에 관한 정보였다.

"으음, 어머니가 최&장 법률사무소의 이사인 장소희. 외할아버지는 최&장 법률사무소를 창립 멤버인 장수택. 게다가 아버지는 오성 전자 사장님? 이거 금수저가 아니라 말 그대로 다이아몬드 수저였네."

국내 로펌 1위인 최&장 법률사무소야 나 역시 잘 알고 있는 곳이다.

또한 오성 전자는 재계 30위권에 드는 오성 그룹의 지주회사였다.

대한민국 최고의 기업이라고 할 수는 없지만, 그 역사와 전통은 50년 이상 된 대기업이었다.

"대단한 집안의 자제이군요. 에이션트 원, 혹시 저 학생과 무슨 일이 있었던 겁니까?"

"아, 그런 건 아니에요. 저 학생이 저희 학과의 학생회장입니다. 그런데 이번에 학생회 주최로 M.T를 가는데 비용이 좀 이상해서 말이죠."

"너무 많은 겁니까?"

"그 반대입니다. 너무 적어서 문제죠."

"그게 무슨?"

"제주도로 2박 3일. 숙소는 5성급 크라운 호텔이고 조식, 중식에 석식까지 포함입니다. 여기에 각종 이벤트나 행사까지 포함되어 있는데, 비용이 30만 원밖에 안 하더군요."

얘기를 듣던 안 집사의 미간이 가늘어졌다.

"……정말 이상할 정도로 저렴하군요."

안 집사 역시 회사에서 돈을 굴리고 수없이 출장을 다녀 본 사람이었다.

지금 내가 말한 것들이 절대 30만 원으로 이뤄질 수 없 는 것쯤은 단번에 알아차릴 수 있었다.

"네, 저도 그렇게 생각을 했는데 나이트 덕분에 의문이 풀렸습니다. 아무래도 돈 많으신 부잣집 도련님께서 제대 로 즐기고 싶었던 모양이네요."

여행을 통해서 다양한 사람들의 인생을 경험했기 때문 에, 내 기억 속에는 21살의 나이로는 절대 알 수 없는 사람 들의 다채로운 양상이 담겨 있다.

그리고 그 기억 중에는 단지 분위기와 사람이 좋아서 수 만, 수십만 달러를 아낌없이 쓰는 존재들도 있었다.

그들에 비하면 정재훈의 행동은 그리 대단할 것도 없었 다.

'뭐, 개과천선하기 전의 송지철도 그랬고 비도크 역시 여자에게는 아끼지 않고 돈을 쓰는 스타일이었으니까.'

어차피 본인이 잘 태어나서 감당할 수 있는 돈을 쓰는 것이었다.

'이왕 쓰는 거, 더 써줬으면 좋겠네.'

과거의 나였다면, 그의 행동을 보고 배알이 꼴리거나 불쾌한 기분이 들었을 수도 있다.

하지만 지금은 오히려 정재훈이 더 많은 돈을 써서 M.T가 재밌어지면 좋겠다는 생각이 들었다.

"에이션트 원, 그래서 M.T는 언제 가시는 겁니까?"

"4월 14일부터 16일까지입니다. 혹시 무슨 일이라도 있나요?"

"아, 그런 건 아닙니다. 참, 양송찬 말입니다."

안 집사의 입에서 양송찬의 이름이 흘러나왔다. 동시에 지금까지 내 입가에 드리워져 있던 미소 역시 사라졌다.

아버지에게 상처를 입힌 사람. 그 분노는 아직까지 내 가슴에 고스란히 남아 있다.

단지 그 복수를 쉽게 하고 싶지 않기 때문에 참고 있을 뿐이다.

군자의 복수는 십 년이 걸려도 늦지 않는다고 했다.

"상황이 조금 흥미롭게 흘러가고 있습니다. 윤철환이 아무래도 황교상에게 제대로 붙으려고 하는 것 같습니다."

"윤철환 경위가요?"

"네, 윤철환에게 지금까지 양송찬이 저지른 비리가 적힌 장부가 꽤 여러 권 있었던 것 같습니다"

"그 비밀 장부를 이용해서 황교상과 거래를 하려고 했던 겁니까?"

"네, 다만 접선 직전에 양송찬이 이 사실을 눈치 채고, 사람을 시켜 윤철환을 잡으려고 했던 모양입니다."

"잡혔습니까?"

"비리 경찰이라고 해도 경찰은 경찰이었나 봅니다. 용케 빠져나갔는지 현재 잠적한 상태라고 합니다."

"으음, 그렇군요. 알겠습니다. 일단은 앞으로도 계속 상황을 주시해주세요. 아직은 본격적으로 나설 때가 아니니까요."

국회의원 선거까지는 앞으로 백 일 정도 남은 상황이었다.

그 안에 그들은 결국 서로가 서로를 물어뜯다 파국을 맞이할 것이다.

그리고 내 진짜 복수는 그때부터 시작이었다.

안 집사와 나이트에게 몇 가지 부탁을 하고는 곧장 서울의 오피스텔로 향했다.

증평의 집으로 갈까도 고민을 했지만, 이미 해는 진즉 사라지고 머리 위로는 달이 떠오른 상황이었다.

괜히 지금 시간에 집으로 가면, 아버지의 잠만 깨우는 꼴이었다.

게다가 이틀 후에는 오전부터 학교의 수업이 잡혀 있었다.

"후아, 시간 참 빠르네. 벌써 9시라니."

샤워를 마친 뒤 냉장고에서 캔 맥주 하나를 꺼내 소파에 몸을 뉘였다.

따악!

캔 맥주의 뚜껑을 손가락으로 튕기자 순식간에 보글거리는 하얀 거품이 솟구쳐 올라왔다.

그와 동시에 반사적으로 움직인 것은 입술이었다.

고개와 입술이 오리마냥 맥주 거품을 향해 쭉 내밀어졌다.

꿀꺽꿀꺽.

목젖을 타고 넘어가는 알싸한 탄산의 맛은 그 어떤 과실보다 달콤했다.

하루 종일 피로로 얼룩졌던 정신과 육체에 새로운 활력이 생기는 기분이었다.

"아, 좋다. 이런 게 사는 건데 말이야."

다시 한 번 캔 맥주를 입으로 가져가자 순식간에 내용물이 반으로 줄어들더니, 눈 깜짝할 사이에 그 바닥을 드러냈다.

"······한 캔만 더하자."

늘어난 체력이 주량에도 영향을 끼치는지, 맥주 한 캔으로는 갈증이 해결되지 않았다.

다행히도 오피스텔의 냉장고에는 국산 맥주부터 시작해서 생전 처음 들어보는 외국 맥주가 가득 차 있었다.

그렇게 몇 캔을 마셨을까?

소파 앞에 놓인 테이블에 더는 맥주 캔을 놓을 자리가 없을 무렵, 나이트의 목소리가 들려왔다.

[과도한 술은 인체에 안 좋은 영향을 끼칠 수 있습니다.]

"나이트? 맞아! 너도 여기 있었지."

뒤늦게나마 생각이 떠올랐다. 오피스텔에서도 나이트와 대화를 나눌 수 있다는 사실이 말이다.

"괜히 혼자 심심하게 이러고 있었네. 좋은 술친구가 있었는데 말이야. 자, 우리 한잔 할까?"

[지금 취하신 겁니까?]

나이트는 뛰어난 인공지능이다. 하지만 그렇다고 해도 기계라는 점은 변하지 않았다.

정리하자면, 기계인 나이트에게는 감정이 존재하지 않는다는 뜻이 된다.

하지만 어째서일까?

지금의 내 귀에는 나이트의 반문이 마치 당황한 사람의

목소리처럼 들렸다.

"미안하지만, 이제는 고작 맥주 정도를 먹고 취할 수 없는 몸이 되어 버려서 말이야. 그보다 나이트, 내가 깜박 잊고 물어보지 못한 게 있는데 말이야. 혹시 시간과 관련된 물건에 대해서 찾아볼 수 있을까?"

머천트 준에게 포인트를 제공하면, 도구의 확실한 위치를 알 수 있다.

하지만 가장 좋은 방법은 포인트를 사용하지 않고 도구를 입수하는 것이다.

물론 생각이 있는 여행자라면, 자신의 경험을 어딘가에 흔적으로 남기지 않았을 것이다.

'그래도 예외는 있을 수 있는 법이지.'

세상에 사람은 많으니, 누군가는 자신의 경험이 신기하거나 혹은 자랑을 하고 싶어서 기록을 남겼을 수도 있는 노릇이었다.

[에이션트 원의 질문은 너무 광범위합니다.]

나이트의 대답은 곧장 흘러나왔다.

"……하긴 단순히 시간이란 키워드는 너무 광범위하지. 그럼, 누군가가 어떤 물건을 통해서 특별한 경험, 아니 시간 여행을 했다는 기록을 찾아볼 수 있을까?"

나이트의 검색 능력이라고 해서 만능은 아니었다.

정확한 정보를 얻으려면, 최대한 다양한 조건을 추가하고 범위를 좁혀야 했다.

[소설을 찾고 계신 겁니까?]

"미안하지만 소설이 아니라 현실이야. 검색 범위는 굳이 대한민국이 아니어도 좋아."

미나코만 해도 그렇지만, 애초에 여행자라는 존재는 대한민국에만 존재하는 게 아니었다.

그렇다면 굳이 검색 범위를 한국으로 고정할 필요는 없었다.

[관련된 정보를 조사하기 위해서는 대략 일주일의 시간이 필요합니다. 조사를 진행하는 도중에는 제가 지닌 기능 일부의 사용이 제한될 수 있습니다. 그래도 괜찮으시겠습니까?]

"잠깐만, 일주일이나 걸린다고?"

지금까지 내가 나이트에게 부탁했던 일 중에서 가장 긴 시간이라고 해봤자, 하루가 채 되지 않았다.

당황해서 묻자 나이트가 곧장 그 이유에 대해서 설명했다.

[범위가 국내로 국한된다면, 하루의 시간도 소모 되지 않았습니다. 여기에 정확도를 50% 정도로 수정한다면 1시간이면 충분합니다. 하지만 이럴 경우 에이션트 원께서 질문하신 내용과 관련된 사항이 적게는 수백, 많게는 수천 건이 넘을 수 있습니다.]

"그럼, 일주일의 시간일 경우 정확도는 대략 어느 정도는 되는 거지?"

[95%이상입니다.]

95%라면, 거의 정확하다고 할 수 있는 확률이었다. 시간이 오래 걸린다고 해서 정확도를 낮춘다면, 오히려 추후 조사를 하는 데 그 배가 되는 시간들이 소모될 수 있었다.
"좋아. 그럼, 내가 앞서 부탁했던 일들이 처리되면 곧장 조사를 부탁할게."

[알겠습니다.]

나이트는 별다른 의견 없이 내 말을 수용했다.
그 사이 맥주 캔에 남아 있던 맥주는 차가운 기운을 잃고 미지근하게 변해 있었다.

꿀꺽.

남은 맥주를 단숨에 털어 넣고 시계를 확인하니, 이미 시간은 자정을 넘어가고 있었다.

"오늘은 여기까지 해야겠네. 나이트, 미안한데 불 좀 꺼 줄래?"

팟!

말을 하기 무섭게 조명이 꺼지며, 거실에는 은은한 빛을 뿜어내는 수면등이 켜졌다.

"……굳이 침대에서 잘 필요는 없지."

침실로 들어갈까 생각도 했지만, 이미 반쯤 소파에 누운 몸은 마치 접착제라도 붙여 놓은 듯 영 떨어지려고 하지 않았다. 입가에 미소를 짓고는 팔걸이에 머리를 베고 소파에 자리를 잡았다.

그렇게 얼마나 누워 있었을까?

뒤늦게 술기운이 조금 올라올 때쯤 나이트의 나지막한 목소리와 함께 수마가 내 눈꺼풀을 감겼다.

[에이션트 원, 좋은 꿈꾸시기 바랍니다.]

얼마나 잠들었을까?

입안에서 느껴지는 갈증에 감았던 눈을 떴다.

베란다 너머로 보이는 하늘에서는 어렴풋이 동이 터오고 있었다.

휴대폰을 찾아 시각을 확인하니, 오전 6시 37분이었다.

"후우, 다행히 숙취는 없네."

전날 과할 정도로 술을 마셔 걱정이 되긴 했지만, 높아진 체력 덕분인지 두통이나 속 쓰림은 없었다.

부엌에서 물 한 잔을 마시고는 곧장 거실로 돌아왔다. 고요한 적막함 속에 들리는 소리라고는 내 숨소리뿐이었다.

"……TV나 볼까?"

삑!

잠시 소파에 멍하니 앉아 있다가 탁자 위 리모컨을 집어 들었다.

[아침의 밥상! 오늘은 강원도 삼척을 찾아왔습니다. 여러분, 삼척하면 떠오르는 게 뭐가 있을까요? 맞습니다. 바로 싱싱한 해산물이죠! 오늘은 이 해산물로 이뤄진 아침 밥상으로 많은 분들에게 사랑을 받고 있는 식당을 찾아가 볼 예정인데요. 자, 모두 저를 따라오시죠.]

TV 프로에서는 리포터가 아침부터 유명 맛집을 소개해 주느라 여념이 없었다.

"생방송인데, 저 리포터도 아침부터 강원도까지 가서 고생이네. 그래도 맛은 있어 보이네."

꼬르륵.

괜스레 아침부터 맛집이 방송되는 것은 아닌 것 같다.

벌써부터 없던 입맛도 생기고 배에서는 뒤늦게 밥을 달라는 신호를 보내오고 있었다.

"어죽은 그렇고, 이따가 국밥이나 하나 먹어야겠네."

리포터가 소개하는 삼척의 아침 밥상은 물고기를 고아서 만든 어죽이었다.

칼칼해 보이는 것이 보기만 해도 군침이 돌았다. 한 가지 사소한 문제라면, 한 번도 먹어보지 않은 음식이란 것이다.

더욱이 아침부터 어죽을 하는 식당을 찾아 혼자 가기에도 애매했다.

그럴 바에는 차라리 비슷해 보이는 국밥 종류가 더 나을 것 같았다.

"뉴스나 조금 보다가 나가야겠네."

리모컨을 조작해서 뉴스 채널로 바꿨다.

[……다음은 연예계 소식입니다. 현직 아이돌 멤버가 군 면제를 위해 의사들과 접촉, 고의로 신체를 훼손하려고 했다는 정황이 밝혀져 팬들에게 큰 충격을 주고 있습니다. 자세한 소식 김태기 기자가 전합니다.]

"이건 생각보다 빠른데?"

소파에 비스듬히 누웠던 몸을 바로 했다.

지금 뉴스에서 나오는 소식은 분명 어제 나이트를 통해 확인한 이시양에 관한 내용일 것이다.

[김태기 기자입니다. 현직 아이돌 멤버인 O씨는 데뷔 당시 순수하고 때 묻지 않은 이미지로 많은 팬들에게 사랑을 받아왔습니다. 또한, 각종 예능 프로에서 탄탄한 몸매와 뛰어난 운동 실력을 뽐내며 짐승돌이란 별명으로 큰 인기를 끌었는데요. 그랬던 그가 국내와 해외 병원을 돌며 군 면제를 위한 각종 진단서를 끊었다는 소식이 알려지면서 큰 파장을 불러일으키고 있습니다. 현재까지 아이돌 멤버 O씨가 진단서를 끊기 위해 찾은 병원은 정신과와 치과, 정형외과로 알려져 있으며 이 밖에도 다수의 병원이 있는 것으로 파악 되고 있습니다. 이런 사실에 대해 O씨의 소속사 측은 단순한 건강검진을 위해 병원을 방문한 것이라고 해명했으며, 조만간 정식 기자 회견을 통해 모든 의혹을 말끔하게 해소하겠다는 입장을 밝혔습니다. 한편, 당사자인 O씨는 최근 스타 애장품이란 특집 프로에…….]

"대한민국 기자들 아주 열심히 일하네. 정치권 기사도 이렇게 빨리빨리 움직여주면 얼마나 좋아?"

적어도 삼일은 걸릴 것이라고 생각했는데, 고작 하루 만에 이시양에 대한 기사가 공중파 방송을 탔다.

비록 알파벳으로 실명을 가렸다고는 하지만, 셜록 홈즈 뺨치는 추리력을 가진 대한민국 네티즌이라면 순식간에 그 정체를 알아낼 것이다.

"근데 어째서 이시양 기사만 퍼진 거지? 나이트, 분명 3명 모두 기자들에게 알리지 않았어?"

[그렇습니다.]

애초에 기자들에게 알린 정보는 총 3가지였다.

하지만 채널을 돌리며 확인한 결과, 나오는 뉴스는 이시양의 것밖에 없었다.

"그런데도 방송에서는 이시양만 두들기고 있네. 그 말인즉 다른 두 명은 건드리기 껄끄럽다는 건가?"

굳이 비교를 하자면, 나이트가 찾은 정보 중에서 인지도나 명성이 가장 떨어지는 인물이 바로 이시양이었다.

즉, 기자들 입장에서는 그냥 한번 찔러봤다가 사실이 아니어도 충분히 감당할 수 있는 수준의 연예인이란 것이다.

"아니면, 일단 묵혀 뒀다가 다른 용도로 쓰려는 걸 수도 있겠네."

기자들이라고 해서 자신이 얻은 특종을 모두 기사로 쓰

지는 않는다. 상황에 따라서 혹은 이익을 위해 그들은 자신이 가진 특종의 수위를 조절한다.

식탁 위에 맛있는 음식만 가득하다면, 과연 그 음식이 돋보일까? 평범한 음식 위에 오로지 하나의 음식만이 특별해야 사람들의 기억 속에 오래가는 법이었다.

"예를 들면, 정치권 이슈를 덮을 기사 같은 거겠지."

이시양을 제외한 두 사람의 기사라면, 재벌 일가의 탈세 혹은 국가적 이슈에서 대중들의 시선을 돌리게 하기에 충분했다.

"그런데 미안하지만, 기자 양반들. 내가 이렇게 마냥 지켜볼 생각이 없어서 말이야. 나이트!"

[네, 에이션트 원.]

"정보를 알린 기자들에게 전해. 만약 해당 기사를 내일까지 보도하지 않으면, 언론에 무차별적으로 뿌리겠다고 말이야."

[알겠습니다.]

이시양의 이슈 하나만으로는 오히려 스타 애장품이란 방송이 화제가 될 뿐이었다.

그리 된다면, 애초에 나이트를 통해 이런 사실들을 기자들에게 보낸 의미가 없었다.

하지만 그렇다고 해서 조급해 할 필요는 없다. 특종이란, 기자 본인만 알고 있을 때 그 가치가 있는 것이다.

만약 자신이 특종이라고 생각한 소식을 다른 기자가 알게 되면 어떨까?

그 기자가 먼저 기사를 보도한다면?

그 순간 자신이 알고 있는 사실은 특종으로써의 가치를 잃은 낙종으로 전락할 것이다.

그렇기에 이러한 수순을 알고 있는 사람이 하게 될 행동은 한 가지뿐이었다.

"애초에 나를 위해서 벌인 일이긴 하지만. 그래도 군 면제, 마약, 그리고 유아 성추행 같은 일을 저지르고도 뻔뻔하게 대중들의 사랑을 받으려 하는 건 너무하잖아."

나로 인해 자신들의 치부가 알려진 그들은 억울할 것이다.

내가 아니었다면, 어쩌면 평생 동안 들키지 않고 이와 같은 비밀을 감출 수 있었을지도 모른다.

하지만 과연 자신을 사랑하고 좋아해준 이들을 기만하는 행동이 언제까지 숨겨질 수 있을까?

"조상님들이 말했지. 뿌린 대로 거둔다고 말이야. 자, 그럼 슬슬 씻고 국밥이나 먹으러 가보자."

나이트의 도움으로 집안의 공기와 온도는 항상 최적의 상태로 설정되어 있다.

　하지만 아무리 그래도 사람인 이상 씻지 않으면, 몸이 개운할 리가 없었다.

　"응? 이 시간에 누가 전화를 한 거야?"

　개운하게 샤워를 하고 거실로 나오니, 휴대폰에 부재중 전화가 5통이나 찍혀 있었다.

　발신인을 확인하니, 최혜진이었다.

　"얘는 아침부터 또 무슨 일이야."

　아직 물기가 남아 있는 머리를 잠시 긁적거리다가 통화 버튼을 눌렀다.

　그냥 무시하기에는 이른 아침부터 걸려온 5통의 전화가 내심 신경이 쓰였다.

　신호음이 두 번이 채 울리기 전에 휴대폰 너머로 최혜진의 목소리가 흘러나왔다.

　[야! 왜 이렇게 전화를 안 받아!]

　"……씻고 있었다. 그보다 아침부터 무슨 일이야?"

　[너 말 되게 서운하게 한다. 꼭 무슨 일이 있어야 전화를 하니?]

"아무런 이유도 없이 전화를 하는 사이는 아니잖아? 게다가 지금 오전 8시 조금 넘었다."

지금과 같은 시대에 친구라고 해도 아무런 용건 없이 전화를 거는 사람은 드물다. 게다가 그 시간이 오전 8시 밖에 되지 않은 시각이라면 말할 것도 없었다.

여자 친구라면 얘기는 달라지겠지만 말이다.

'그러고 보니 지금까지 여자 친구가 단 한 번도 없었네.'

굳이 필요성을 느낀 적도 없고 크게 사랑에 빠진 적도 없었다.

그 때문일까?

요새는 중, 고등학생도 연애를 해 본 적이 없는 사람을 찾기 힘들다고 하는데, 정작 21살인 나는 모쏠이었다.

[……흥! 그것보다 오늘 일요일인데 너 뭐해? 당연히 약속은 없겠지? 그렇지? 응?]

"약속 있다."

거짓말은 아니었다. 아침에 나가서 국밥을 먹고 서점에 가서 필요한 책을 사겠다고 나 자신과 약속을 했다.

[목소리에서 거짓말이라는 뉘앙스가 팍팍 풍기는데?]

"……"

[이래 봬도 내가 촉만으로 로또 3등이 된 사람이야!]

"……뭐, 약속이 없다고 치자. 그래서 약속이 없으면 왜?"

[밥 먹자!]

"밥?"

설마 아침에 5통이나 전화한 목적이 고작 밥이었던 건가?

아니, 물론 사람이 살아가기 위해서는 적당한 에너지 섭취가 필수다.

하지만 그렇다고 해도 밥을 먹자는 얘기쯤은 문자나 SNS를 이용해서 연락을 해도 충분한 일이었다.

[그래, 밥! 내가 먼저 먹자고 했으니까 밥은 내가 살게. 지금 준비해서 만나면, 아점으로 딱 일 것 같은데. 어때?]

"흐음."

그렇지 않아도 밥을 먹기 위해 나가려고 했었다.

다만 곧장 대답을 하지 않는 것은 지금 최혜진을 만나는 것이 과연 옳은 결정인지 쉽게 판단되지 않아서였다.

'과연 밥만 먹고 끝일까? 이거 괜히 오늘 하루 종일 붙잡혀 있는 건 아니겠지?'

슬금슬금 불안한 기운이 몰려올 무렵 휴대폰 너머로 한껏 풀이 죽은 최혜진의 목소리가 들려왔다.

[혹시 나 만나기 싫어서 그런 거야? 나 같은 사람이랑은 밥도 먹기 싫은 거야?]

"그런 건 아닌데."

[그렇지! 히히. 하긴 나 같은 미녀를 누가 만나기 싫어하

겠어? 그러니까 11시까지 준비해서 우리 저번에 만났던 강남역 앞에서 보자. 아! 나 휴대폰 배터리 없어서 잠깐 꺼놓을 테니까 그렇게 알고. 그럼, 이따가 만나! 뿅!]

뚝—

"여보세요? 저기요? 야!"

황당함에 급히 최혜진을 불렀지만, 이미 통화는 끊어져 있었다.

"오전 11시라."

시계를 확인해보니, 현재 시각은 오전 8시 28분.

약속 시간까지는 무려 2시간 30분이나 남은 상황이었다.

꼬르륵.

문제는 남은 시간에 비해서 상당히 허기가 진다는 것이다.

"후우, 국밥이나 먹으려고 했는데."

국밥과 함께 최혜진의 모습이 머릿속에 떠올랐다.

하지만 아무리 생각해도 항상 한껏 멋을 내고 다니는 그녀가 국밥을 먹는 모습은 상상이 되지 않았다.

"제발 느끼한 음식만 아니었으면, 좋겠네. 그런데 얘는 왜 자꾸 나한테 전화를 하는 거야? 친구도 많은 걸로 알고 있는데."

몇 번 만남을 가져봤기 때문에 최혜진의 주위에 친구가 많다는 사실은 잘 알고 있었다.

하긴 집안도 좋고, 성격도 털털한 데다가 외모까지 예쁜 그녀에게 친구가 없다는 게 이상한 일일 것이다.

그러다 보니 내게 자주 전화를 거는 그녀의 행동이 이상하게 느껴질 수밖에 없었다.

"설마 날 좋아하는 건 아니겠지?"

비도크의 경험에 의하면, 분명 지금 그녀의 행동은 여자가 호감을 갖고 있는 남자에게 보내는 일종의 신호였다.

하지만 나는 고개를 흔들었다.

비도크의 경험을 무조건 신뢰하기에는 그때와 지금은 시간의 차이가 상당했다.

남성과 여성은 그대로였지만, 시대에 맞춰 갖는 사고방식이 아예 달라졌다.

이 때문에 과거의 경험을 현재의 경험에 무조건 끼워 맞추는 것은 무의미했다.

"뭐, 그냥 지금 시간에 연락을 할 만한 사람이 나밖에 없었나 보지. 후우, 그나저나 11시까지 뭘 하면서 기다려야 하나."

오전 10시 46분.

차를 몰고 강남역에 도착했을 때는 약속 시간보다 대략 10분 정도 이른 시각이었다.

"아직 안 왔겠지?"

혹시나 하고 창문을 살짝 내리고 주변을 살펴볼 때였다.

똑—똑—

차량 문밖에서 느껴지는 노크 소리에 시선을 돌리니, 처음 보는 여성이 서 있었다.

나이는 나와 비슷한 20대 초반 정도 됐을까? 큰 키에 늘씬한 몸매를 지녔고 머리카락은 흑단 같은 검정색이었다.

얼굴 역시 지나가는 사람들이 길을 가다가 한 번쯤은 뒤돌아서 쳐다볼 만큼 예뻤다.

위잉.

창문을 내리고 문을 두드린 여성에게 말을 걸었다.

"무슨 일이세요?"

"저기 혹시 이 근처에 세화 빌딩이 어딘지 아시나요?"

"세화 빌딩이요?"

길을 묻는 여성의 물음에 고개를 갸웃거렸다. 길을 물어볼 거면, 굳이 차에 있는 사람이 아닌 밖에 돌아다니는 사람들에게 물어보면 될 일이었다.

"네, 이 근처라고 하는데 도무지 찾을 수가 없네요."

여성이 난감한 표정으로 한숨을 푹 내쉬었다.

"잠깐만요. 찾아볼게요."

길을 찾는 거야 차량의 내비게이션 조작만 몇 번하면 될 일이었다.

"음, 1번 출구에서 200m 정도 쭉 올라가시면 사거리가 나오는데 거기서 오른쪽으로 꺾으시고 3번째 골목으로 들어가시면 되겠네요."

"아! 그렇구나. 저기 그런데 정말 죄송한데, 제가 길치거든요. 괜찮으면, 거기까지 데려다만 주시면 안 될까요?"

"네?"

생각지도 못한 부탁에 내가 당황하는 모습을 보이자,

여성이 차량의 창문 쪽으로 몸을 기대었다.

스윽.

"좀 부탁할게요. 날도 더워서 거기까지 걸어가기에는 조금 힘들 것 같단 말이에요."

"그럼, 이대로 택시타고 집으로 가시면 되겠네요. 날도 더운데 왜 나와서 사서 고생이세요?"

여성의 뒤쪽에서 뿔이 잔뜩 난 것 같은 목소리가 들려왔다.

목소리의 주인공은 다름 아닌 최혜진이었다.

깜짝 놀란 여성이 고개를 뒤로 돌렸다.

그러자 마치 지옥에서 올라온 악마와 같은 표정과 함께 팔짱을 끼고 있는 최혜진의 모습이 보였다.

"저기요. 제 남자 친구한테 무슨 볼일 있어요?"

여성이 스리슬쩍 최혜진을 위에서 아래로 훑어 봤다.

그리고는 마음에 들지 않는다는 듯 아랫입술을 살짝 깨물고는 말했다.

"……실례했네요."

여성은 나타났을 때와 마찬가지로 구두 소리만 남겨둔 채 순식간에 사라져 버리고 말았다.

그 모습을 보던 최혜진이 팔짱을 풀며, 찌푸렸던 인상을 폈다.

"흥. 얼굴은 다 뜯어 고쳐가지고 어디서 꼬리질이야."

스윽.

고개를 돌린 최혜진이 입술을 쭉 내밀었다.

"야! 문 안 열어 줄 거야?"

"아, 미안."

딸칵.

잠금을 풀자 최혜진이 문을 열고 들어와서 보조석에 앉았다.

"너 저 여자랑 무슨 얘기했어?"

"응? 그냥 길을 물어 보기에 알려줬는데."

"야! 상식적으로 차안에 있는 사람한테 길을 물어보는 게 말이 돼?"

물론 나도 그렇게 생각한다. 하지만 세상에는 언제나 예외라는 게 있는 법이다.

그 여성이 정말 길을 몰라서 물어보려고 했던 것일 수도 있다.

최혜진은 여성이 걸어간 방향으로 시선을 돌리며 말했다.

"저거 분명 네가 좋은 차타고 있으니까 작업 들어온 거야."

"설마 그럴 리가."

"맞거든!"

"그럼, 너도나도 차만 좋은 거로 바꾸겠다. 게다가 내가 어디 가서 작업이 들어올 정도는 아니잖아."

"네가 뭐가 어때서! 얼굴도 그만하면 괜찮고 몸도 좋고 성격도 나쁘지 않……."

화악!

버럭 화를 내던 최혜진의 얼굴이 급격하게 붉어졌다.

그 모습에 내 머릿속에서 설마라는 생각이 떠올랐다.

[저기요. 제 남자 친구한테 무슨 볼일 있어요?]

분명 그 여성에게 최혜진이 했던 말이었다.

'설마 너 진짜냐?'

고개를 창밖으로 돌리고 있는 최혜진의 모습을 보고 있으니, 복잡 미묘한 심정이 들었다.

이럴 때 비도크의 경험으로 따지면, 가볍게 여성의 어깨에 손을 올리고 따뜻한 한마디를 건네주는 게 제일 좋은 방법이었다.

'후우, 이것 참.'

벌써부터 전신이 오글거렸지만, 그래도 이왕 이렇게 만났는데 밥을 먹기도 전에 이상한 분위기로 흘러가게 둘 수는 없었다.

"네가 더 예뻐."

스윽.

창밖으로 고개를 돌렸던 최혜진이 당황한 얼굴로 날

쳐다봤다.

"뭐, 뭐라고 했어?"

"아까 그 여자보다 네가 더 예쁘다고. 그리고 애초에 길을 알려주는 것 외에는 다른 생각도 없었어. 널 만나기로 약속했는데, 그 자리에 다른 사람을 태우는 것도 웃긴 일이잖아."

화르륵!

"……."

착각인지 모르겠는데, 어째 최혜진의 얼굴이 더 붉어진 것 같다. 그리고 바로 그 순간이었다.

퍽!

옆구리를 노리고 강력한 팔꿈치 공격이 들어왔다.

"아야!"

하지만 정작 비명을 토해낸 것은 내가 아니라 최혜진이었다.

"으으, 너 옷 속에 무슨 갑옷이라도 입었어? 뭐가 이렇게 단단해?"

황당한 표정으로 묻는 최혜진을 향해 어깨를 으쓱거렸다.

"그게 아니라 네가 힘이 없는 거겠지."

시간 여행의 보상으로 받은 포인트로 체력이 올랐다고는 말할 수 없는 노릇이었다.

"우씨! 아니거든. 나 힘 짱 쎄거든? 이게 다 밥을 안 먹어서 그런 거야."

"한국 사람은 밥심이라서?"

"바로 그거지! 이럴 게 아니라 얼른 밥 먹으러 가자."

"그래, 그래서 뭘 먹을 건데? 스테이크? 설마 스파게티나 파스타는 아니지?"

차라리 느끼한 면보다는 고기가 낫다. 한 가닥 희망을 품고 최혜진을 쳐다봤다.

그러자 최혜진이 무슨 뚱딴지같은 소리냐는 표정을 지었다.

"뭐라는 거야? 내가 순대 국밥 기가 막히게 하는데 알고 있으니까 불러주는 데로 내비나 찍어."

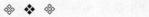

SBC 방송국 예능 국장실.

예능 국장 장진의 부름을 받고 달려온 최찬호 PD가 숨을 크게 들이 마시고는 국장실의 문을 두드렸다.

똑- 똑-

"국장님, 저 최찬호입니다."

"들어오게."

문 너머로 높지도 낮지도 않은 목소리가 들려왔다.

별생각 없이 듣는다면, 아무렇지도 않게 넘길 수 있는 그런 목소리였다.

하지만 오랫동안 장진을 봐왔던 최찬호는 알고 있었다.

장진의 무미건조한 목소리 톤은 그가 오히려 분노한 상태임을 말해주고 있다는 것을 말이다.

끼익.

조심스레 국장실의 문을 열고 들어간 최찬호의 눈동자가 장진의 모습을 찾았다.

방 안에는 말끔한 슈트차림의 중년인이 소파에 앉아 있었다.

그가 바로 공중파 방송국인 SBC의 예능 국장 장진이었다.

올해 41살의 나이. 야생 밀림 혹은 정글이라고도 불리는 방송국에서 그 정도 나이에 국장이란 지위를 차지한 사람은 무척 드물었다.

하지만 그간 장진이 SBC에서 이뤄낸 성과를 본다면, 방송계에 몸담고 있는 사람들은 탄성과 함께 고개를 끄덕일 것이다.

이토록 젊은 나이에 장진이란 사람이 어떻게 국장의 자리에 앉을 수 있었는지를 대번에 알 수 있기 때문이었다.

최찬호 또한 그랬다. 그가 SBC에 입사해서 장진을 만났을 때, 그는 방송계의 마디아스의 손이라고 불릴 만큼 유명했다.

장진이 손을 대는 프로는 대한민국 최고의 스타를 배출 시킬 만큼 모두 히트했기 때문이었다.

실제로 종편 방송에서는 장진을 스카우트하기 위해 10억 의 연봉을 제시한 적도 있었고, 중국의 한 방송국은 백지 수표를 내밀었다는 소문도 있었다.

그만큼 대단한 사람이었기에 최찬호는 그가 예능 국장이 되었을 때 무척 기뻐했었다.

현장을 잘 아는 사람인 만큼 후배들을 위해 크게 힘써줄 것으로 믿어 의심치 않았기 때문이었다.

하지만 그건 어디까지나 최찬호를 비롯한 후배 PD들의 생각일 뿐이었다.

예능 국장에 오른 장진의 별명이 마이다스의 손에서 킬 빌이 되는 데까지는 그리 오랜 시간이 걸리지 않았다.

"들어 왔으면 앉지."

장진의 권유에 최찬호가 그의 옆 소파에 조심스레 앉았 다.

"커피? 주스?"

"괜찮습니다."

"주스 먹게. 커피야 현장에서 질리도록 먹을 테니까."

자리에서 일어난 장진이 냉장고로 걸어가더니, 캔으로 된 주스를 꺼내서 자리로 돌아왔다.

딸칵.

"감사합니다."

캔의 뚜껑을 열어서 장진이 건네자 최찬호가 급히 양손으로 음료수를 받아 들었다.

장진이 자신의 앞에 놓인 캔의 뚜껑을 따며 말을 이었다.

"얘기를 듣다보면, 서로 목이 좀 탈 수 있을 거야."

"……."

"담당 PD이니 나보다 모를 리는 없을 테고. 당장 방송까지 일주일 정도밖에 안 남은 거로 아는데 어떻게 할 거야?"

예상했던 질문이었다.

최찬호가 장진의 부름을 받기 전에 미리 생각해두었던 답변을 꺼냈다.

"밤을 새더라도 편집하겠습니다. 아니, 이미 편집을 시작한 상태입니다. 확인 결과 애초에 이시양은 방송에서 분량이 그리 크지도 않았기 때문에 큰 어려움 없이 쳐낼 수 있습니다. 또 이시양의 소속사인 JM 엔터테인먼트에 저희 입장을 전달했고, 그쪽에서도 받아들이겠다는 입장입니다."

"오늘 아침에 기사가 터진 것으로 아는데, 일 처리가 나쁘지 않군. 잘했네."

"가, 감사합니다."

안도의 한숨이 터져 나오려는 것을 애써 참으며, 최찬호가 고개를 숙여 대답했다.

하지만 정작 최찬호를 칭찬한 것과 다르게 장진의 표정은 여전히 굳어 있었다.

"자네, 이번 프로에 정혜미도 나오지?"

"네? 아, 그렇습니다."

"만약에 말이야. 정혜미한테 문제가 생겨도 해결할 수 있겠나? 그 이시양이라는 아이돌의 이슈와 비슷한 규모의 스캔들이 터질 경우에 말이네."

최찬호의 눈꼬리가 파르르 떨렸다. 장진이 어째서 이런 말을 하는지 그의 의중을 알아차릴 수 없었기 때문이었다.

하지만 그렇다고 언제까지 입을 다물고 있을 수는 없는 노릇이었다.

"그, 그럴 리가요. 국장님도 아시겠지만, 대한민국에서 정혜미처럼 깔끔한 이미지를 가지고 있는 모델도 없습니다."

"그 속이야 우리가 어떻게 알겠나? 앞에서는 도도하고 깔끔한 척해도 뒤에서는 약이나 하고 있을지."

"네? 구, 국장님 아무리 그래도 설마 정혜미가 그러겠습니까?"

장진이 자신의 앞에 놓인 탁자 위의 태블릿을 집어 들어 당황하는 최찬호에게 내밀었다.

"한 번 보게."

꿀꺽.

태블릿을 받아 들어 화면을 확인한 최찬호의 입속에서 침샘이 폭발, 순식간에 목젖을 타고 넘어갔다.

그만큼 장진이 건넨 태블릿에는 최찬호가 단 한 번도 상상하지 못했던 모습의 정혜미가 있었다.

주변에는 술병들이 어지럽게 돌아다니고 있으며, 평범한 트레이닝복 차림의 정혜미는 풀린 눈동자로 양손을 들어 V를 만들고 있었다.

그 옆에는 처음 보는 남성 두 명이 정혜미와 비슷한 포즈를 취하고 있었는데, 범상치 않은 몸매와 외모를 보건데 동료 모델 혹은 연예계 종사자로 보였다.

"……."

여기까지만 해도 인터넷에 퍼졌을 경우 대중들의 뭇매를 맞을 수 있는 사진이었다.

하지만 더 큰 문제는 따로 있었다.

어지럽힌 술병들 사이에서 드문드문 보이는 주사기.

그리고 종이 위에 있는 하얀 가루들이 사진의 핵심 포인트였다.

"자, 말해보게. 자네는 그걸 보는 순간 무슨 생각이 들었나? 정혜미가 몸이 안 좋아서 주사기를 집 안에 둔 것일까? 그리고 저 하얀 가루는 소금이나 설탕일까?"

"……."

장진의 질문에 최찬호는 대답하지 않았다. 애당초 말도

안 되는 물음이었다.

사진을 보고 생각할 수 있는 것은 단 하나뿐이었다.

마약. 그것을 제외하고 사진 속의 상황을 설명할 수 있는 단어는 존재하지 않았다.

"친분이 있는 기자가 터트리기 전에 보내온 사진일세. 아마 정혜미 소속사도 아직 받아 보지 못했을 거야."

최찬호는 사진이 합성이라 말하고 싶었다. 하지만 장진 은 고작 그런 장난질에 놀아날 사람이 아니었다.

"자네 정혜미 분량도 편집할 수 있겠나?"

빠득.

절로 입술이 앙다물어졌다.

정혜미의 분량은 애초에 이시양과는 비교할 수 있는 수 준이 아니었다.

만약 정혜미의 분량을 편집한다면, 그 자리 대부분은 쓸 데없는 오디오와 그림으로 채워질 것이다. 시청자가 보기 에 그런 방송이 재미있을 리가 없었다.

그럼, 당연히 시청률은 바닥으로 향할 것이고 정규 편성 은 물 건너갔다고 봐야 했다.

'빌어먹을. 누가 의도적으로 기자들에게 알린 거 아니 야? 어떻게 같은 프로에 출현한 두 사람이 동시에 이런 사 고를 쳐!'

하지만 굳이 의도적으로 이런 정보를 뿌려서 득이 될

사람이 있을까?

최찬호는 고개를 흔들었다. 애당초 스타의 애장품은 방송도 타지 못한 프로였다.

더욱이 정규 편성이 아닌 파일럿 편성 프로를 가지고 이런 짓을 저지를 사람이 있을 리 만무했다.

"……국장님 혹시 막아주실 수는 없으십니까?"

"막아? 이시양을? 아니면 정혜미를?"

"그게 이시양은 괜찮지만, 정혜미 분량을 편집해 버리면 그림이 살지가 않습니다. 방송 전까지만 어떻게 막으면, 오히려 이번 이슈로 프로가 화제 될 수도 있을 겁니다."

장진이 최찬호를 쳐다봤다. 그리고는 이내 피식 웃음을 터트렸다.

"그렇게 해서 우리가 얻을 수 있는 게 뭔데?"

"네?"

"SBC가 어디 찌라시 방송도 아니고 언제부터 연예인들 사건사고를 가지고 화제를 운운했나? 아니면, 자네 정혜미 소속사랑 무슨 일이라도 있었나?"

가볍게 흘려 넘김 말한 질문이 아니었다.

최찬호는 재빨리 손을 흔들었다.

여기서 말을 잘못하다가는 자칫 자신의 PD 인생이 끝장 날 수도 있었다.

"절대 그렇지 않습니다!"

"그럼, 애인이야?"

"그것도 아닙니다."

"그럼, 굳이 정혜미를 감쌀 필요는 없군."

"하지만……."

최찬하고 막 말을 이어갈 무렵이었다.

똑- 똑-

국장실의 문을 두드리는 소리가 들려왔다.

"국장님, 저 민석환입니다."

"들어오게."

문이 열리고 들어온 사람은 최찬호와 비슷한 시기에 새로운 프로를 준비하던 민석환 PD였다.

안으로 들어선 민석환 PD가 최찬호를 발견하고는 잠시 놀란 표정을 짓다가 이내 고개를 숙였다. 그는 최찬호보다 3년 후임이었기 때문이다.

"이리 앉지. 커피? 아님 주스?"

"주스 먹겠습니다."

"그래, 커피는 일하면서 자주 먹을 테니까."

최찬호에게 했던 말과 비슷한 말을 건네며 장진이 냉장고에서 주스를 꺼내 민석환에게 건넸다.

딱-

"먹게나."

"감사합니다."

"음, 민PD 이번에 찍은 파일럿 프로그램이 뭐라고 했지?"

"뭉치면 산다입니다. 무인도에 각기 다른 물건을 지닌 참가자들이 서로 다른 포인트에 떨어져서 목표 지점에 합류하고 미션을 수행하는 내용입니다."

민석환은 서운한 표정 하나 없이 자신의 프로를 소개했다.

애초에 예능국의 예능 프로가 한두 개도 아닌 이상, 국장이 파일럿 프로까지 일일이 기억하기에는 무리가 있었다.

"그래, 뭉치면 산다. 제목도 입에 딱 붙네. 듣자하니 그거 이번에 그림이 잘 나왔다는 소문이 자자해. 내부 관계자 반응도 좋았고 말이야."

"감사합니다."

장진의 칭찬에 민석환의 입가에 미소가 지어졌다.

반면, 최찬호의 얼굴은 점점 핏기가 사라졌다. 머릿속에 불길한 상상이 치밀어 올랐다.

"근데 그거 편성 시간이 조금 그렇더군. 오후 11시 30분이었지? 아무리 그림이 좋게 나와도 사람들이 보지 않으면 의미가 없어."

"……최선을 다해 노력해보겠습니다."

민석환이라고 해서 어찌 모르겠는가? 다만 예능 국장 앞에서 짬에 밀려서 그렇게 됐다는 말은 차마 꺼낼 수 없었다.

더욱이 이번 일과 같은 경우, 처음부터 출중했던 장진은 모를 수 있지만 대부분의 PD들은 늘 겪는 일이었다.

"그래서 이번에 편성 시간을 좀 바꿔줄까 하네. 여기 있는 최PD 프로랑 스위칭 하는 거지."

"국, 국장님!"

결국 장진의 입에서 우려했던 말이 흘러 나왔다.

최찬호의 울 것 같은 목소리에도 장진은 무심한 목소리로 말을 이어갔다.

"물론 최PD 자네 프로가 그 시간에 나갈 수 있느냐 없느냐는 이시양과 정혜미 사건이 어떤 식으로 정리되느냐에 따라서야. 만약 생각보다 사회적 파장이 거세면, 자네가 편집을 잘 했다고 해도 편성을 해줄 수 없으니 그렇게 알게."

장진의 통보에 최찬호는 몸을 부르르 떨다가 고개를 숙였다.

그 역시 방송국에서 적지 않은 짬밥을 먹은 PD였다.

만약 자신이 예능 국장이었어도 장진과 비슷한 결정을 내렸을 것이다.

하지만 머리로는 이해할 수 있다고 해도 가슴으로까지 받아들일 수 있는 것은 아니었다.

"자, 그럼 두 사람은 일단 그렇게들 알고 나가봐. 일단 상황을 보고 내가 다시 따로 부르든가 할 테니까."

장진의 축객령에 민석환 PD가 조심스레 눈치를 살피다가 자리에서 일어섰다.

최찬호 역시 입술을 깨물고는 무거운 엉덩이를 힘들게 소파에서 뗐다.

탁-

국장실의 문을 닫고 나오자 민석환이 재빨리 최찬호에게 고개를 숙였다.

그도 듣는 귀가 있기 때문에 지금이 대충 어떤 상황인지는 알고 있었다.

"선배, 죄송합니다."

"네가 미안할 게 뭐 있냐? 애초에 그런 사고 칠지도 모르고 섭외한 우리 잘못이지."

방송이 잘되든 잘못되든 결국 그 총대를 메는 것은 그 프로를 기획한 PD였다.

"편집 잘 하시면, 국장님도 다시 생각해보실 겁니다."

"아니. 괜히 국장 별명이 킬 빌이겠냐? 조금 전에 부른 건 괜히 나보고 쓸데없는 일 일으키지 말고 곧 있을 태풍에 납작 엎드리라는 신호야."

"선배……."

"후우, 됐다. 까라면 까야지. 일개 PD가 뭐 별 수 있나?"

"……."

"나도 네 프로 얘기 들었다. 국장님 말대로 재미있다는 소문이 자자해."

"과찬이십니다."

민석환이 멋쩍은 표정을 지었다. 그 모습에 최찬호가 그의 어깨를 두드렸다.

"과찬은 무슨. 이번에 대박 하나 만들어봐라. 기회라는 게 자주 찾아오는 것도 아니니까."

"열심히 하겠습니다."

"그래, 난 소주나 한잔하러 가야겠다. 수고해라."

최찬호가 손을 흔들고는 터덜터덜 걸어갔다.

그 뒷모습을 한참 동안이나 바라보던 민석환이 조심스레 호주머니에서 휴대폰을 꺼냈다.

"어, 태웅이냐? 우리 편성 시간 바뀌었다. 아니, 자정 말고 오후 6시30분으로. 농담 아니라 진짜야. 최 PD님이 준비하던 스타의 애장품 알지? 그거 대타로 들어가기로 했으니까, 애들한테 전부 알리고 출연자들한테도 연락해. 그리고 편집했던 것도 다시 한 번 확인할 테니까 준비해 두고. 주말 저녁 황금 시간대다. 잘해서 입소문만 타면, 바로 정규 편성이니까 확실히 준비해. 이번에 우리도 진짜 대박 프로 하나 만들어보자."

누군가의 불행이 곧 타인의 행복과 기회가 되는 곳. 방송국은 바로 그런 곳이었다.

❖ ❖ ❖

"자, 얼른 들어가자. 여기 순댓국 맛이 아주 끝내주거든."

최혜진이 내게 안내한 곳은 종로에 위치한 아지메 순대국밥이란 곳이었다.

위치도 시장 골목이고 간판도 허름했지만, 밖에서 바라본 식당 안은 이미 꽤 많은 손님들로 붐비고 있었다.

"여기 두 사람이요!"

식당 안으로 들어선 최혜진이 두 개의 손가락을 펴보이자, 종업원이 8번이라고 쓰여 있는 테이블로 안내했다.

"뭐로 드릴까요?"

종업원이 묻자 최혜진의 시선이 내게로 향했다.

"순대 국밥 괜찮아? 혹시 내장이나 순대 안 먹는 거 아니지?"

"물어보는 게 조금 늦은 것 같다는 생각이 들지 않아? 뭐, 순대나 내장 둘 다 가리지는 않지만."

"헤헤, 다행이네. 이모 여기 순대 국밥 두 개랑 머리 고기 하나 주세요. 음, 그리고 소주도 하나 주세요."

"순대 국밥 두 개랑 머리 고기. 그리고 소주 맞으시죠?"

"네, 맛있게 해주세요."

주문을 받은 종업원이 돌아가자 내가 황당한 얼굴로 물었다.

"소주는 왜 시킨 거야? 나 차 가지고 왔는데."

"알아. 내가 먹을 거야. 삼겹살에 소주보다 순대 국밥에 소주가 더 맛있거든. 흥흥."

기분이 좋은 듯 흥얼거리는 최혜진을 바라보니, 웃음이 흘러 나왔다.

"왜 그렇게 웃어?"

"아니, 조금 신기해서. 파리로 패션공부까지 하고 온 애가 순대 국밥에 소주라니."

"사람이 먹는 음식에 차별은 없는 법이거든? 게다가 방송을 안 타서 그렇지, 여기 이렇게 보여도 유명 연예인이나 정치인들도 많이 오는 곳이야."

"흐음, 맛은 모르겠지만 확실히 인기는 많나 보네."

나와 최혜진이 식당으로 들어온 뒤에도 손님은 꾸준히 늘고 있었다.

얼핏 밖을 쳐다보니 대기표를 들고 있는 이들도 보였다.

'조금만 늦었어도 우리도 대기표 들고 기다렸겠네. 여기가 그렇게 맛집인가?'

옆에 앉은 손님의 순댓국을 슬쩍 쳐다보고 있자, 종업원이 머리 고기와 소주를 들고 왔다.

"아! 이모, 잔은 하나만 주시면 되요."

두 개의 잔 중에서 하나를 다시 치운 최혜진이 양손을 모아 눈앞의 머리 고기를 쳐다봤다.

꿀꺽.

"으으, 하필 이런 중요한 순간에. 나 잠깐 화장실 다녀올 테니까, 먼저 먹지 말고 기다려. 알겠지?"

막 젓가락을 집으려던 최혜진이 잠시 얼굴을 찡그리더니, 재빨리 자리에서 일어나 화장실을 향해 빠른 걸음으로 사라졌다.

"……저런 모습을 보면, 날 좋아하는 거 같지는 않은데 말이야."

좋아하는 사람 앞에서는 보통 화장실을 간다는 말도 쉽게 못하는 법이다.

그런데도 망설임 없이 그런 말을 꺼내는 최혜진을 보면, 날 좋아하기보다는 편하게 생각하는 게 아닐까라는 생각이 들었다.

그렇게 얼마 동안 그녀를 기다렸을까?

등 뒤에서 낯익은 목소리가 들려왔다.

"한정훈?"

고개를 돌려보니 그곳에는 같은 과인 최태일과 강다솔이 서 있었다.

비록 친한 사이는 아니었지만, 최인한 교수의 수업을 같이 들으면서 안면은 있었다.

"오랜만이다."

상대방이 먼저 아는 척을 했으니, 무시할 수도 없는 노릇이었다.

가볍게 인사를 건네자 최태일이 곁눈질로 내가 앉은 테이블을 훑어봤다.

"그래, 야 그런데 너 혼자서 뭐하냐? 설마 청승맞게 혼밥?"

"에이, 설마. 혼밥을 이런 곳까지 와서 하겠어?"

"그럴 수도 있지. 내가 아까 자기한테도 말했지만, 여기가 완전 숨은 맛집이거든."

자기라고 말하는 최태일의 손이 강다솔의 어깨 위로 자연스레 올라갔다.

그 모습에 설마 하는 심정으로 물었다.

"둘이 사귀냐?"

"어, 그렇게 됐다. 다솔이가 워낙 예쁘잖아. 그래서 다른 놈들이 채가기 전에 내가 먼저 들이댔지. 하하!"

마치 기다렸다는 듯 최태일이 자랑스러운 표정으로 대답했다.

그 모습에 강다솔이 주책이라는 듯 고개를 흔들었다. 하지만 정작 표정은 내심 뿌듯하다는 얼굴이었다.

'선배들이 CC만큼은 절대 하지 말라고 조언해줬던 것 같은데.'

별다른 이유가 있는 것은 아니었다. 다만, 법대의 성격상 커플 중에서 한 명이 먼저 사법 고시에 합격하면, 그 커플은 무조건 깨진다는 말이 불문율처럼 내려왔기 때문이다.

그게 아니더라도 연애에 정신이 팔려 두 사람 모두 사법고시에 떨어지는 경우도 심심치 않다 보니, 어지간하면 서로를 위해서라도 CC만큼은 피하라고 조언했었다.

"뭐, 어쨌든 축하한다."

"고맙다. 그보다 너 혼자면 우리랑 같이 먹는 게 어때? 그래도 밥은 혼자 먹는 것보다 같이 먹는 게 맛있지 않겠어?"

"아니야. 나도 일행이 있어서. 잠깐 화장실 갔거든."

"에이, 괜히 그럴 필요 없어. 혼자 궁상맞게 소주 먹는 것보다야 같이 먹는 게 낫지."

"그게 아니라 진짜 일행이 있다니까."

"그런데 잔은 왜 하나야? 게다가 수저랑 젓가락도 네 것밖에 없잖아."

"아니, 그게 아니라……."

말을 이어가려다가 입을 다물었다. 생각해보니, 내가 굳이 애들한테 이런저런 이유를 설명할 필요가 없었다.

애초에 학교의 공식 행사를 제외하고는 커피 한 잔 같이 마셔본 적 없는 사이였다.

"후우, 그냥 됐으니까 너희들끼리 먹어라."

답답함에 목소리가 차가워졌기 때문일까? 강다솔이 최태일의 옷을 슬쩍 잡아끌었다.

"뭐야, 너 또 누가 작업 들어 온 거야?"

그리고 바로 그때 화장실에서 돌아온 최혜진의 목소리가 들렸다.

최태일과 강다솔의 시선이 반사적으로 목소리가 들려온 방향으로 향했다.

"이, 일행이 있었네. 안녕하세요. 저는 여기 정훈이 친구 최태일이라고 합니다. 한국대학교 법학과 2학년입니다."

겸연쩍은 표정을 짓는 최태일의 모습에 최혜진이 눈을 동그랗게 떴다.

"네, 안녕하세요."

인사를 건네 최혜진의 시선이 나를 향했다.

"친구들이었어?"

"아니, 같은 과 동기."

미안하지만, 그저 얼굴을 알고 얘기 몇 번 나눴다고 해서 친구가 되는 건 아니다.

내게 있어서 친구란 벗. 마음이 서로 통하여 친하게 사귀는 사람이었다.

"흐음, 그렇구나."

최혜진이 알겠다는 듯 고개를 끄덕였다.

반면, 최태일과 강다솔의 얼굴은 못마땅한 듯 일그러졌다.

설마 면전 앞에서 대놓고 친구가 아니라고 할 줄은 몰랐기 때문이었다.

"여기 순대 국밥 두 개 나왔습니다."

때마침 종업원이 김이 모락모락 나는 뚝배기 두 개를 들고 왔다.

"자기야, 그만 가자."

"어? 어, 가야지. 정훈아 밥 맛있게 먹어. 그리고 저기……."

"빨리 안 와?"

강다솔이 다시 최태일의 옷을 잡아끌었다. 그러자 계속 곁눈질로 최혜진을 쳐다보던 그가 이내 멋쩍은 듯 웃으며 강다솔을 따라 갔다.

"재미있는 사람들이네. 그보다 한정훈! 의리 있는데. 내가 올 때까지 기다리라고 하니까 진짜 손도 안 됐네?"

처음 나온 음식이 그대로 있는 모습을 확인한 최혜진이 싱긋 미소를 지었다.

그 모습을 보고 있자니, 최태일과 강다솔로 인해 치밀어 올랐던 짜증이 가라앉았다.

"국밥 식겠다. 먹자."

숟가락으로 국물을 떠서 입으로 가져갔다.

후루룩.

'맛있는데?'

최혜진의 말대로 유명한 맛집이었는지, 국물은 담백하면서도 깔끔해 그야말로 일품이었다.

"와! 이거 엄청 맛있네?"

뒤늦게 국물을 떠먹은 최혜진이 깜짝 놀란 표정으로 탄성을 내질렀다.

그 모습에 고개를 갸웃거리며 물었다.

"꼭 반응이 여기 처음 와 본 사람 같다?"

"처, 처음이라니!"

"아니, 그냥 느낌이 그렇다고."

"오랜만에 와서 그렇거든! 프랑스 다녀온 뒤로 처음이란 말이야."

눈에 띄게 당황하는 모습을 보면, 분명 뭔가 있는 것 같기는 했다.

하지만 그렇다고 음식을 앞에 두고 꼬치꼬치 캐물을 생각은 없었다.

"뭐, 오랜만이면 그럴 수도 있겠네."

"당연하지. 내가 여기를 얼마나 자주 왔었는데. 아마 알바생도 내 얼굴을 기억하고 있을 걸?"

"알았어. 알았으니까, 얼른 먹기나 하자. 국밥은 식으면 맛없어."

뚝배기에 숟가락을 푹 담가 커다란 순대를 떠서 입안에 집어넣었다.

우물우물.

'다른 건 몰라도 여기 온 것은 잘한 것 같네.'

순대 특유의 노린내도 없고 씹히는 식감도 좋아 맛은 국물만큼이나 썩 훌륭했다.

잠시 나를 바라보던 최혜진 역시 이내 국밥을 먹는데 집중하기 시작했다.

그렇게 서로 몇 숟가락을 말없이 떠먹었을까? 소주잔을 만지작거리던 최혜진이 입을 열었다.

"……정훈아. 너 밥 먹고 어디 갈 거야?"

"서점에 가서 책 좀 사려고."

"책? 좋아하는 작가 책이라도 나왔어?"

최혜진이 눈을 반짝이며 물었다.

"그런 건 아니고 그냥 좀 보고 싶은 책이 있어서. 넌 밥 먹고 어떻게 할 건데? 집에 갈 거면, 태워다 줄까?"

"아니, 나도 서점 갈 거야. 그렇지 않아도 사고 싶은 책이 있었거든."

"무슨 책?"

"……."

밑반찬으로 나온 생채를 젓가락으로 집다 말고 고개를 들었다.

그러자 당황한 표정으로 어색한 미소를 짓고 있는 최혜진의 얼굴이 보였다.

"질문이 너무 어려웠냐? 무슨 책 사려고?"

"이, 있어! 베스트셀러. 갑자기 물어보니까 생각이 안

나서 그래."

"하긴, 누가 갑자기 물어보면 그럴 때가 있긴 하지."

종종 그럴 때가 있었다. 분명 알고 있는 내용인데 아무리 생각해도 기억이 나지 않는 것이다.

이럴 때는 계속 고민을 하기 보다는 저절로 떠오를 때까지 잊고 기다리는 게 답이었다.

우웅.

"잠깐만."

가방에서 울리는 진동음에 최혜진이 휴대폰을 꺼냈다.

[새로운 메시지가 1통 있습니다.]

휴대폰의 잠금장치를 푼 최혜진이 재빨리 메시지의 내용을 확인했다.

[쓰레기: 누나, 내가 알려준 대로 했음?]

쓰레기로 저장되어 있는 상대는 최혜진의 하나뿐인 남동생이었다.

최혜진의 머릿속에 오늘 아침 남동생이 했던 말이 떠올랐다.

[누나 저번에 말했던 그 남자 만나러 가지? 그 비싼 외제차 끈다는 형 말이야. 내가 연애 고수이자 하나뿐인 남동생으로서 충고 하나 해주겠는데.

혹시라도 오늘 그 남자가 뭐 먹겠냐고 물어보면, 절대 스테이크나 파스타 같은 걸 먹겠다고 하면 안 돼. 백반이나 설렁탕, 아! 순대 국밥이 좋겠네.

왜 그래야 하냐고? 하! 이 누나가 남자를 모르네. 누나 그 형한테 막 프랑스 다녀오고 명품 얘기하고 그랬지?

표정 봐라. 했네 했어. 아무튼, 그런 얘기를 듣고 그 형이 누나를 뭐라고 생각하겠어? 자칫 된장녀라고 생각할 수 있을 거 아니야.

그러니까 오늘은 완전 소탈하면서도 아주 쿨한 도시 여성 같은 모습을 보여줘.

왜 그런 거 있잖아! 막 화장실 가는 것도 부끄러워하지 않고 당당하게 말하는 매사 자신감 있는 태도 말이야!

그러면 그 형이 누나한테 완전히 뻑 갈걸? 만약 잘 되면, 나 용돈이나 좀 더 챙겨줘. 알았지?]

금일 자신의 행동을 떠올린 최혜진이 입가에 미소를 지으며, 재빨리 휴대폰의 자판을 두들겼다.

[최혜진: 그래! 밥도 순대 국밥집으로 오고 막 앞에서 화장실도 가고 그랬어. 이 정도면, 좀 소탈하고 쿨하게 보였겠지?]

[쓰레기: 진짜임? 아님 농담임?]

[최혜진: 어! 이 누나 좀 멋있냐?]

[쓰레기: 진짜라고?]

[최혜진: 그렇다니까!]

[쓰레기: ㅋㅋㅋㅋㅋㅋㅋㅋㅋㅋㅋㅋㅋㅋㅋㅋ]

[최혜진: 왜 웃음?]

[쓰레기: ㅋㅋㅋㅋㅋㅋㅋ 웃기니까 웃지 ㅋㅋㅋ]

갑자기 휴대폰으로 장문의 웃음이 전송되어 왔다.

순간 최혜진의 머릿속에 불길한 상상이 떠올랐다.

그리고 동시에 휴대폰으로 전송되어 온 것은 스님이 염불을 외우고 있는 한 장의 사진이었다.

[쓰레기: 불쌍한 중생이여. 나무아미타불.]

[최혜진: 너 설마 아니지? 야! 내가 지금 상상하는 거 아니지?]

[쓰레기: 당신은 지금 그 형이 가지고 있는 여자에 대한 상상을 아주 쿨하게 깨트려 줬습니다. 그래도 너무 실망하지는 마십시오. 남자들의 취향은 다양하니, 어쩌면 오늘 당신의

모습이 그 형의 취향일 수도 있습니다. 그럼, 이만. 찡긋.]

쾅!

메시지를 확인한 최혜진이 그대로 주먹을 들어 식탁을 내리쳤다.

"이, 이 망할 자식이!"

"……누군데 그래?"

뚝배기의 바닥을 보고자 열심히 움직이던 숟가락질이 그대로 멈췄다.

최혜진이 새빨갛게 달아오른 얼굴로 휴대폰을 노려보다가 이내 던지듯 자신의 가방에 집어넣었다.

"동생이야. 아니, 원수가 맞겠네. 최혜성, 집에 들어가면 오늘이 네 제삿날이다. 아주 사지육신을 철저하게 부러트려 주마."

탁자를 내리친 최혜진의 주먹이 부들부들 거렸다.

상당히 세게 내리쳤는지, 그 잠깐 사이 주먹이 빨갛게 달아올라 있었다.

"그러다 뼈 다친다."

재빨리 사용하지 않은 물티슈를 뜯어 최혜진의 손 위에 덮어줬다.

뼈가 아니더라도 갑작스러운 충격이 가해지면 근육이 놀라 며칠 동안 고생할 수도 있었다.

"고, 고마워."

손등 위에 놓인 물티슈를 물끄러미 바라보고 있는 최혜진의 모습을 보니, 풀이 확 죽은 모습에 가슴 한편이 무거워졌다.

'대체 동생이 뭐라고 한 거야?'

궁금하기는 했지만, 그렇다고 해서 대놓고 물을 정도로 바보는 아니었다.

잠시 생각을 하다가 비어 버린 최혜진의 물 잔에 물을 따라주며 말했다.

"괜찮으면 서점 같이 갈까?"

"어?"

"어차피 서로 사야 할 책이 있으니까. 책 사고 시간 되면, 간단하게 커피라도 한잔 하든가."

"지, 진짜야?"

"뭐가?"

"그러니까 같이 서점 가서 책도 사고 커피도 마시고 또 영화도 보자는 말!"

내가 했던 말과는 조금 다르긴 했지만, 들뜬 그녀의 얼굴을 보니 굳이 문제 삼고 싶지는 않았다.

"영화는 보자고 안 했지만, 뭐 별다른 약속이 있는 것도 아니고 볼 만한 게 있으면 그렇게 하든가."

"좋았어! 그럼, 당장 일어나자."

최혜진이 재빨리 자신의 가방을 챙기고는 자리에서 일어났다.

"너 아직 밥 많이 남았는데?"

언뜻 보기에도 그녀의 뚝배기에는 밥이 절반 이상 남아 있었다.

최혜진이 혀를 쏙 내밀고는 말했다.

"먹을 만큼 이미 충분히 먹었거든! 그보다 이 근처에 복합쇼핑몰 있으니까 거기 가서 책도 사고 커피도 먹고 영화도 보자!"

"풋. 그래, 일어나자."

들뜬 그녀의 모습을 보니, 아무래도 밥을 더 먹으라고 권하는 것은 무의미한 일 같았다.

자리에서 일어난 뒤 카운터로 걸어갔다.

호주머니에서 지갑을 꺼내려는 순간 최혜진이 손을 내밀어 행동을 저지했다.

"내가 먹자고 했는데, 왜 네가 계산을 해? 당연히 내가 해야지. 이모, 이걸로 계산해주세요."

최혜진이 내민 카드를 받아든 카운터 이모가 사람 좋은 미소를 지었다.

"총각은 좋겠네. 여자 친구가 예쁜데다 이렇게 똑소리 나서. 요새 이런 사람 없어."

순간 나와 최혜진의 시선이 허공에서 마주쳤다.

"……."

그 순간 우리는 긍정도 부정의 말도 할 수가 없었다.

서로가 서로에게 정확히 어떤 감정을 품고 있는지, 이게 정말 사랑이라는 감정인지 아직은 확신할 수 없기 때문이었다.

하지만 한 가지는 분명히 알 수 있었다. 우리 두 사람이 서로에게 좋은 감정, 호감을 가지고 있다는 사실 말이다.

Chapter 77. 각자의 마음

  종로에 위치한 복합쇼핑몰은 과거 백화점이었던 건물을
새롭게 리모델링한 건물이었다.

  이 때문에 겉으로 보기에는 조금 낡아 보일 수 있지만,
속은 완벽히 뜯어고쳐 수십 수백 가지의 브랜드 매장이 입
점해 있었다.

  "서점은 3층에 있네."

  안내판을 살펴보던 최혜진이 3F라고 써진 곳을 가리켰다.

  그곳에는 도서, 장난감, 전자기기 등이 적혀 있었다.

  "일단 서점에 가서 책을 산 다음 2층에 있는 카페에 가
서 커피를 마시는 거야. 그러면서 7층에 있는 영화관에서

영화를 예매하는 거지. 어때 완벽하지?"

안내판을 일일이 살핀 최혜진이 스스로의 계획이 마음에 드는지 한껏 신난 얼굴로 물었다.

"그러자. 그리고 밥은 네가 샀으니까 커피랑 영화는 내가 살게."

"오오! 좋았어. 그럼, 팝콘이랑 콜라는 내가 맡을게."

어깨를 으쓱거린 최혜진이 이내 에스컬레이터에 올라섰다.

나 역시 그녀를 따라 에스컬레이터에 오른 뒤 서점이 있는 3층으로 향했다.

"일요일이라 그런가? 엄청 붐비네."

"아무래도 주말이니까."

최혜진의 말대로 확실히 주말이라 그런지 가족 단위로 나온 사람들이 꽤 많이 보였다.

특히 3층에는 장난감 코너가 있기 때문인지 유독 어린아이들이 많이 보였다.

"서점은 왼쪽이네. 저리로 가자."

안내판을 확인하고 서점을 찾아 걸음을 옮길 때였다.

"피아노! 피아노 쳐줘! 엄마, 피아노!"

이제 다섯 살이나 됐을까? 머리를 양 갈래로 예쁘게 묶은 여자 아이가 엄마 다리에 매달려 울먹일 듯한 얼굴로 뭔가를 가리키고 있었다.

"전자 피아노?"

여자 아이가 가리키고 있는 것은 행사용으로 전시된 전자 피아노였다.

"미나야, 엄마가 나중에 쳐줄게. 응? 우리 미나 착하지?"

자신의 다리에 매달린 딸 미나를 바라보며 서지혜가 곤란한 표정으로 말했다.

그러나 정작 미나는 서지혜의 곤란함은 안중에도 없었다.

"싫어! 피아노 안 쳐주면, 나 꼼짝도 안 할 거야!"

"아니, 얘가! 왜 갑자기 관심도 없던 피아노를 쳐달라고 그래? 너 엄마한테 혼나볼래!"

서지혜의 입장에서는 속이 터졌다. 피아노라고는 학창 시절 건반을 몇 번 눌러본 게 전부인 그녀였다. 당연히 연주할 수 있는 곡이 있을 리 만무했다.

"흑…… 흑흑…… 희영이는 엄마가 놀러가서 피아노 쳐줬다고 했는데. 으앙!"

급기야 미나의 입에서는 울음이 터졌고 서지혜의 얼굴에는 난감한 표정이 떠올랐다.

'후우, 어쩐지 생전 관심도 없던 피아노를 쳐달라고 하더니. 유치원에서 희영이가 자랑을 했나보네. 그나저나 이걸 어쩐다.'

계속해서 미나가 우는 걸 방치할 순 없었다. 지나가던 사람들의 시선이 자신과 미나에게 집중됐기 때문이었다.

지금은 어떻게든 미나를 달래는 것이 급선무였다.

"미나야, 울지 말고. 응? 우리 저기 가서 미나가 좋아하는 영상 볼까요?"

서지혜가 휴대폰을 꺼내서 내밀었지만, 미나는 고사리같은 작은 손으로 휴대폰을 밀치며 말했다.

"싫어! 피아노…… 으앙!"

"아니, 얘가 정말!"

답답한 마음에 그녀가 억지로 미나의 손을 잡아끌려던 순간이었다.

"저기 제가 피아노를 조금 칠 줄 아는데. 괜찮으시면, 한 곡 쳐드릴까요?"

어느새 모녀의 옆에는 방긋 미소를 지은 최혜진이 서 있었다.

"네? 아, 부탁드려도 될까요?"

서지혜의 물음에 최혜진이 고개를 끄덕였다. 그리고는 무릎을 굽혀 미나와 눈높이를 맞추며 말했다.

"안녕! 우리 꼬마 아가씨는 몇 살이야?"

"……."

미나가 주춤거리며, 겁먹은 눈동자로 엄마인 서지혜를 쳐다봤다.

아무리 친절하게 미소를 지으며 다가왔다고 해도 아이에게는 낯선 사람. 겁을 먹는 게 당연했다.

이럴 때 당황하면, 오히려 아이에게는 공포심만 심어 줄 뿐이었다.

최혜진이 아무렇지도 않게 손가락으로 전자 피아노를 가리키며 말을 이었다.

"언니가 피아노 쳐줄까? 혹시 듣고 싶은 노래 있니?"

서지혜의 품에서 망설이던 미나가 손가락을 꼼지락거렸다.

그 모습에 서지혜가 미나의 머리를 쓰다듬으며 말했다.

"괜찮으니까 저 언니한테 우리 미나가 듣고 싶은 노래 말해보렴."

"우웅, 작은 별!"

미나의 입에서 노래 제목이 흘러나오자 최혜진이 고개를 끄덕였다.

"반짝 반짝 작은 별? 언니도 어릴 때 그 노래 되게 좋아했었는데. 잠깐만."

굽혔던 몸을 바로 세운 최혜진이 옆에 놓인 전자 피아노로 걸어갔다.

그리고는 전자 피아노 위에 손을 올리고 차례차례 건반을 누르기 시작했다.

반짝 반짝 작은 별 아름답게 비치네.
서쪽 하늘에서도 동쪽 하늘에서도
반짝 반짝 작은 별 아름답게 비치네.

어린 시절 누구나 한 번쯤은 들어봤을 멜로디가 조용히 울려 퍼졌다. 그 사이 서지혜의 품에 안겨 있던 미나의 얼굴에 서서히 함박웃음이 생겨났다.

"괜찮았니?"

"응응!"

연주를 마친 최혜진이 미나를 향해 물었다. 그러자 미나가 엄지손가락을 척하고 치켜 올렸다.

그 모습에 서지혜가 한숨 돌린 표정으로 말했다.

"고맙습니다. 덕분에 애가 울음을 그쳤어요. 아까는 정말 어떻게 해야 할지 당황했었는데, 정말 고마워요."

연신 고맙다는 인사에 최혜진이 손을 내저었다.

"괜찮아요. 별 것도 아닌데요."

"미나야, 언니한테 감사합니다라고 인사해야지?"

"언니, 감사합니다."

미나가 양손을 모으고 고개를 꾸벅 숙였다. 그 모습에 장난기가 동한 최혜진 역시 미나와 똑같이 따라하며 말했다.

"저야말로 감사합니다. 앞으로 엄마 말씀 잘 들어요. 알았죠?"

"네!"

미나가 힘차가 고개를 끄덕이며 대답했다.

그렇게 모녀가 감사의 인사를 전하고 떠나자, 최혜진이 참았던 숨을 토해냈다.

"후우, 어려운 곡이 아니어서 다행이네."

"피아노 잘 치던데?"

옆에서 쭉 지켜보던 내가 한마디 건네자 최혜진이 고개를 흔들었다.

"잘 치기는! 고작 작은 별이었는데. 이 정도가 딱 내 한계야."

"만약 아까 그 아이가 베토벤 교향곡이라도 듣고 싶다고 했으면 어쩌려고?"

"그때는 이렇게 하면 되지."

최혜진이 능숙한 손길로 전자 피아노의 버튼을 조작했다.

그러자 전자 피아노의 건반이 스스로 움직이며, 연주를 하기 시작했다. 난생처음 보는 기능에 입이 절로 벌어졌다.

"피아노에 이런 기능도 있었어?"

"쯧쯧. 당연하지! 요새 세상이 어떤 세상인데? 이런 기능은 기본이라고."

"너 설마 아까 그 작은 별도 이랬던 건 아니지? 립싱크처럼 손가락만 이렇게."

내가 허공에서 손가락을 움직이자 최혜진이 얼굴을 찌푸렸다.

"아니거든! 좀 오래되긴 했지만, 중학교 시절에 체르니까지는 배웠단 말이야. 지금은 기껏해야 동요 정도를 연주하는 게 고작이지만."

"하하!"

입술을 쭉 내밀고 중얼거리는 최혜진의 모습에 절로 웃음이 흘러 나왔다.

'이런 모습이 있는 줄은 몰랐는데.'

사실 그동안 그녀에게 어느 정도 편견이 없었다면 거짓말일 것이다.

예쁜 외모에 프랑스로 패션을 공부하고 올 정도의 재력. 거기에 낯선 사람에게도 쉽게 다가갈 수 있는 친화력은 과거의 나라면 전혀 어울리지 않는 사람이었다.

하지만 오늘 내가 보고 겪은 최혜진의 모습에서는 앞서 언급한 것 말고도 더 큰 장점이 있었다. 그건 바로 주변의 사람을 편안하게 해주는 특유의 매력이었다.

스윽.

전자 피아노로 다가가 건반 위에 슬그머니 손을 올려놓았다. 그 모습에 최혜진이 눈을 동그랗게 떴다.

"오! 한정훈 너도 피아노 칠 줄 알아?"

"글쎄?"

"글쎄라니! 무슨 대답이 그래?"

태어나서 피아노라고는 음악 시간에 몇 번 만져 본 것이 전부였다. 그마저도 재능이 없던 것인지 수행 평가 점수는 항상 최하위에 머물러 있었다.

하지만 내 기억 속에 있는 비도크는 굉장히 뛰어난 피아노 실력을 갖고 있었다.

그 실력이 어느 정도인가 하면, 콧대 높은 귀족 집안의 아가씨도 비도크의 피아노 연주를 들으면 일주일 밤낮 잠을 설칠 정도였다. 또한, 한 번은 음악가로 행세를 할 무렵 궁에 초청되어 연주를 한 적도 있었다.

만약 비도크가 음악에 뜻을 두고 매진했다면, 후세의 사가들은 그를 카사노바가 아닌 베토벤이나 모차르트와 같은 위대한 음악가로 기억했을지도 모른다.

하지만 비도크에게 있어서 음악이란, 단지 여자를 위해서 어느 정도 수준까지 갈고 닦은 하나의 기술에 불과했다.

"어디 자신 있는 곡으로 한번 쳐봐. 전문가의 눈과 귀로 평가해줄 테니까."

최혜진이 팔짱을 끼고는 나름 진지한 표정을 지었다.

"그럼, 가볍게 한번 쳐볼까?"

비도크의 기억을 더듬으며, 건반 위에 올린 손가락을 가볍게 움직였다.

띵-

그리고 그 순간 종로에 위치한 복합쇼핑몰의 3층에서는 아름다운 선율의 피아노 소리가 울려 퍼지기 시작했다.

기억 속에 남아 있는 비도크의 경험으로 얼마나 피아노를 쳤을까?

마지막 마침표에 해당되는 건반을 누르고 손을 떼자 어딘지 모르게 후련한 기분이 들었다.

"후우, 제대로 친…… 응?"

고개를 돌려 바라본 최혜진은 멍한 표정을 짓고 있었다.

뿐만 아니라 주변에는 어느새 상당한 숫자의 사람이 모여서 나를 바라보고 있었다.

짝짝!

당황하는 나를 향해 지켜보던 사람들이 박수를 치며, 웅성거리기 시작했다.

"와, 저 사람 피아노 엄청 잘 치네?"

"음악 하는 사람 아니야?"

"그럴 수도 있겠네. 그런데 아까 연주한 곡은 뭐지?"

"음악 찾기로 검색해보니까 프랑스의 무슨 교향곡이던데?"

"옆에 있는 사람은 여자 친구인 것 같은데. 크으, 부럽다. 역시 사람이 능력이 있어야 한다니까."

사람들의 시선이 계속 쏟아지자 어느새 정신을 차린 최혜진이 내 손을 잡아끌었다.

덥석!

"……일단 저쪽으로 가자."

3층에 있는 서점을 향해 걸어가며 최혜진이 살짝 상기된 목소리로 물었다.

"너 정말 법대 다니는 거 맞아?"

"그게 무슨 소리야?"

"아니, 사실은 음대 다니는 게 아닌가 해서 묻는 거야. 내가 피아노를 전문적으로 배운 건 아니어도 듣는 귀까지 막힌 건 아니거든? 너 정도면 못해도 음악을 전문적으로 배운 대학생 정도는 될 것 같은데?"

"그 정도는 아니야."

사실 조금 전의 연주한 곡은 비도크의 기억 속에 있는 악보 중에서 가장 쉬운 것이었다.

하지만 생각과는 달리 만족할 만한 연주가 되지 못했다.

'기억만으로 다 되는 것은 아니네.'

분명 머릿속에 기억은 있었지만, 쉽사리 몸이 따라 주지 않았다. 기본 베이스라고 할 수 있는 몸의 능력치가 낮았다면, 이마저도 끝까지 연주하지 못했을 것이다.

"아니기는! 카페 같은 곳에서 그런 연주 한 곡이면 어떤 여자든지 그냥 반하겠던데. 잠깐만, 너 이미 그런 경험이 있는 거 아니야?"

은근히 가시가 섞여 있는 말이었다.

"여자한테 연주해준 건 네가 처음이거든."

"그, 그래?"

"그보다 너 무슨 책 살 거야?"

"어?"

"서점에서 책 산다며. 베스트셀러."

그제야 최혜진은 자신이 온 곳이 서점이라는 것을 깨달 았는지, 아차 하는 표정을 지었다.

"그, 그래야지. 너는 무슨 책 살 건데?"

"난 저쪽."

내가 가리킨 코너는 공무원 참고서라는 팻말이 써진 곳 이었다.

"공무원? 너 공무원 시험 보려고? 사법 고시 안 볼 거 야?"

최혜진이 고개를 갸웃거렸다.

그럴 만도 할 것이 대한민국 최고는 아니지만, 서울의 명 문대. 그 중에서도 법대에 다니고 있는 학생이 뜬금없이 서 점에 와서 공무원 책을 사겠다고 하고 있으니 말이다.

하지만 그 이유까지 최혜진에게 설명하기에는 곤란함이 있었다.

"뭐, 그냥 경험이야."

대답을 하고난 뒤 호주머니에서 휴대폰의 시간을 확인하 고는 말했다.

"지금이 1시니까 1시 30분까지 살 책들 골라서 카운터에서 보자. 괜찮지?"

동네서점이라면 모를까 복합쇼핑몰의 서점은 그 크기만 어지간한 마트 수준이었다. 사고자 하는 책이 다른데 같이 다니는 것은 비효율적이었다.

"1시 30분? 알았어."

시간을 확인한 최혜진이 알겠다는 듯 고개를 끄덕이고는 베스트셀러를 모아 놓은 코너로 발걸음을 옮겼다.

모든 공무원 시험이 그렇듯, 사법 고시를 치르기 위해서는 몇 가지 자격이 필요하다.

다만, 일반 공무원 시험과 사법 고시의 다른 점은 큰 범죄를 저지른 경력이 없다면 응시 및 지원 자격의 제한이 거의 없다는 것이다.

또한 범죄자라고 해도 아래의 조건에 해당 되지 않으면, 시험에 응시가 가능했다.

첫째, 파산자로서 복권 되지 아니한 자.

둘째, 금고 이상의 형을 받고 그 집행이 종료되거나 집행을 받지 아니하기로 확정된 후 5년을 경과하지 아니한 자.

셋째, 금고 이상의 형을 받고 그 집행 유예의 기간이 완료된 날로부터 2년을 경과하지 아니한 자.

넷째, 법원의 판결 또는 다른 법률에 의하여 자격이 상실

또는 정지된 자 등등.

위와 같은 사실에 위배되지 않았을 경우 응시자는 법학 학점 35점을 이수하면, 자유롭게 사법 고시에 도전할 수가 있었다.

"올해 시험 접수일은 4월 3일부터였지."

오늘 날짜가 3월 26일이니, 시험 접수까지는 대략 10일 정도 남은 상황이었다.

"그나마 작년부터 법이 개정되어서 다행이네. 자칫했으면, 꼼짝없이 올 한해를 붙잡혀 있었을 텐데."

몇 년 전까지만 해도 사법 고시의 접수 기간은 매년 초인 1~2월이었다.

그러나 정부가 작년부터 사법 고시의 폐지를 놓고 고심하는 사이 법무부는 응시 기간과 시험 일자를 대대적으로 개편했다.

애초에, 연초에 응시한 시험의 결과를 연말이 되어서야 확인할 수 있다는 부분에서 많은 사람들이 불만을 토로했기 때문이었다.

덕분에 2017년 사법 고시의 접수 기간은 4월 3일부터 4월 6일. 1차 시험 날짜는 4월 24일, 2차 시험은 5월 20일 3차 시험은 6월 30일로 정해졌다. 개편이 되고 접수와 결과 발표까지 무려 반년이나 단축된 것이다.

"올해 계획은 원래 사법 고시만 볼 생각이었지만."

스윽.

책장에 꽂혀 있는 책 중에서 국제 정치학과 국제법, 경제학 책을 꺼냈다. 해당 과목은 과거로 치면 외무 고시를 보기 위해 준비해야 하는 것들이었다.

그러나 2013년을 끝으로 외무 고시는 폐지되어, 현재는 5급 공무원 시험의 하나인 외교관후보자 시험으로 개정된 상태였다.

"이미 다수의 외국어를 알고 있는데. 타이틀 하나 정도는 더 있는 편이 좋겠지."

소방관이었던 제임스는 미국인이었기 때문에 영어에 능통했고 훈련교관이었던 마이클은 스페인계 출신이었기 때문에 스페인어를 할 줄 알았다.

또한, 비도크는 프랑스어가 가능했고, 학식이 뛰어났던 이산은 일본어와 중국어에 통달해서 사신을 직접 상대하기도 했다.

뿐만 아니라, 황금 그룹의 송지철은 외국 유학 생활 중 독일인 친구들과 어울렸기 때문에 원어민 정도는 아니지만 수준급의 독일어 구사가 가능했다.

덕분에 현재 내가 사용 가능한 언어는 모국어인 한글을 비롯해 영어, 스페인어, 프랑스어, 중국어, 일본어, 독일어 등 총 7개였다.

막말로 수중에 돈이 없었다면, 통역사로 진로를 전향했

어도 돈방석에 앉았을 것이다.

"음, 1차 시험은 어학 자격증만 있어도 패스가 가능하다고 하니까 우선 자격증들부터 따둬야겠네."

친절하게도 최신판으로 나온 공무원 책의 가장 앞장에는 올해 시험 날짜와 준비해야 할 과목들, 그리고 자격증으로 대체가 가능한 시험들이 적혀 있었다.

또한, 굳이 이번 시험을 위해서가 아니더라도 자격증은 미리미리 따둘 필요가 있었다.

단순히 할 줄 아는 것과 그것을 공식 기관에서 인정받은 것은 많은 차이가 있기 때문이었다.

"그리고 다음은……."

손에 들었던 책을 한쪽에 내려놓고 다음 책을 꺼냈다.

5급 행정직군의 필수 과목 중 하나인 한국사 책이었다.

"5급 공무원 시험은 날짜만 겹치지 않으면, 중복 시험이 가능하지. 게다가 일반 행정 쪽은 사법 시험과 외교관 선발 시험에 필요한 과목들이랑 겹치는 것들도 많으니까."

행정 직군을 보기 위해 1차 시험에 필요한 것은 일정 점수 이상의 공인영어능력 시험의 성적표와 한국사능력검정 시험 2급 이상, 헌법과 PSAT(공직적격성평가)였다.

2차 시험부터는 행정법, 행정학, 경제학, 정치학 등과 관련된 시험을 보게 된다. 위의 과목들은 사법 고시와 외교관 시험을 치룰 시 보게 되는 것들이었다.

따라서 종류만 잘 선택하면, 다수의 토끼를 한 번에 잡는 쾌거를 이룰 수도 있었다.

하지만 이건 어디까지나 이론적인 이야기였다. 아무리 다수의 과목이 겹친다고 해도, 해당 시험은 일반인들이 수년을 넘게 공부해도 합격하기 힘들었다.

이 때문에 어지간한 천재가 아니라면, 이와 같은 사실을 알고는 있어도 도전은 하지 않는 게 일반적인 현실이었다.

"대한민국이라는 나라에서 명문대 학생. 사시와 행시 그리고 외시까지 합격한 사람이라면, 그 어디를 가더라도 무시당할 일은 없지."

과거로 치자면, 내가 목표로 하는 것은 사법 고시, 외무 고시, 행정 고시가 된다.

언급한 3개의 타이틀 중에서 하나만 있어도 대한민국에서 살아가기에는 부족함이 없다. 하지만 부족함이 없다는 것은 넉넉한 것과는 다른 말이었다.

언젠가 내가 가진 것들을 세상에 보이고 알릴 때 위와 같은 타이틀은 하나보다는 두 개, 그리고 두 개보다는 세 개가 분명 큰 도움이 될 것이다.

애초에 정산의 방에서 지력에 스텟을 투자한 것도 이와 같은 이유 때문이었다.

"……거안사위(居安思危). 근심 걱정이 없을 때 미리 준비하고 대비해야겠지."

이산의 영향 때문일까? 마치 미리 알고 있던 것처럼 자연스레 입에서 사자성어가 흘러 나왔다.

그렇게 몇 권의 책을 더 고르고 난 뒤 카운터로 걸어가자 서성이고 있는 최혜진의 모습이 보였다.

"책은 다 골랐어? 헐! 너 무슨 책을 그렇게 많이 샀어?"

"공부할 게 좀 있어서."

내 품에 가득 안겨 있는 책을 확인한 최혜진이 황당한 표정으로 말했다.

"한국사, 경제학, 정치학, 행정학, 국제법, 통합논술? 제목만 봐도 머리가 깨질 것 같은데. 그런 책들은 왜 보는 거야? 넌 법대생이니까 민법이나 형법 이런 책 위주로 봐야 하는 거 아니야?"

"말했잖아. 공부하려고 본다니까."

아마 이 자리에서 사법 고시와 다수의 5급 공무원 합격을 목표로 한다고 말하면, 미친놈 취급을 받을 것이다.

"후우, 갑자기 나 자신에 대한 깊은 반성을 하게 되네. 난 달랑 이거 하나 골랐는데 말이야. 이럴 거면, 보여주기 식이라도 시집 한 권 샀어야 했나."

최혜진이 자신의 손에 들린 책을 흔들어 보였다. 책의 표지에는 '서프라이즈'라는 익숙한 제목이 적혀 있었다.

"일요일 아침의 그 방송이야?"

"맞아! 유명했던 내용을 묶어서 얼마 전에 책으로 나왔거든."

"근데 그게 베스트셀러야?"

"네가 들고 있는 책들에 비하면 좀 그렇지만. 그래도 이게 금주의 베스트셀러 3위라는 말씀! 저번 달에는 무려 1위도 찍었다고!"

발끈하는 최혜진의 모습에 절로 웃음이 흘러나왔다.

"뭐야! 지금 너 비웃은 거지?"

"아니."

"방금 웃었잖아!"

"그냥 귀여워서 웃은 건데."

"……."

할 말을 잃은 최혜진의 얼굴이 순식간에 붉게 달아올랐다. 그 모습에 내 입가에는 또 다시 웃음이 흘러 나왔다.

"계산하고 그만 가자."

"응?"

"영화 보고 싶다면서. 책은 집으로 배송시키면 되니까, 가서 커피마시면서 뭐 볼 지부터 찾아보자."

"그, 그럴까? 카페는 아까 2층에 있었어!"

환하게 웃으며 기뻐하는 최혜진의 모습을 보며 난 속으로 한 가지 사실을 인정할 수밖에 없었다. 어느 순간부터 내 마음 속에 그녀의 자리가 생기기 시작했다는 사실이었다.

Chapter 78. 주변인

후릅.

앞에 놓인 찻잔을 들어 차를 한 모금 들이킨 중년인의 입가에 미소가 퍼져 나갔다.

"차 맛이 아주 좋구나. 왕 대인이 보내 준 것이냐?"

"아닙니다. 이번 찻잎은 일본의 마쓰바시상이 보내온 것입니다."

"마쓰바시? 동경 그룹의 삼남인 그 마쓰바시상 말이냐?"

중년인이 깜짝 놀란 얼굴로 되물었다. 그러자 손태진이 고개를 끄덕이며 중년인, 자신의 아버지인 손진석을 쳐다봤다.

"지난 달 중국에 방문했을 때 왕 대인께서 소개시켜줬습니다. 나이가 비슷해서 그런지 통하는 게 많더군요."

"허허! 그거 다행이구나. 삼남이라고는 하지만, 동경 그룹은 일본 재계 서열 8위인 곳이다. 그곳의 직계와 친분을 쌓아둬서 나쁠 것도 없지."

"저도 그렇게 생각합니다."

"참, 선거 준비는 잘 되고 있더냐?"

손태진은 이번 5월에 있을 국회의원 선거에 출마할 예정이었다. 비록 나이가 어리고 초선이었지만, 이미 주변에서는 그가 당선될 확률을 60% 이상으로 점치고 있었다.

그 이유 중의 하나는 손태진의 아버지 손진석 때문이었다.

"할아버지와 아버지께서 닦아 놓은 길을 뒤따라 걷는 겁니다. 어려울 것도 없죠."

"녀석……."

손태진의 할아버지였던 손지택 또한 국회의원이었으며, 아버지인 손진석은 무려 6선 의원으로 현재 여당의 원내대표를 맡고 있었다.

대대로 도맡아 왔던 지역구. 그곳에 공천을 받아 출마하는 이상 떨어질 확률은 거의 없다고 봐야 했다.

여기에 얼마 전 있었던 KV백화점 붕괴 현장에서 손태진의 활약이 알려지면서, 언론과 대중 역시 상당히 호의적인 시선으로 그를 바라보고 있었다.

하지만 그렇다고 한들 위험적인 요소가 아무것도 없는 것은 아니었다. 한길 앞도 알 수 없는 것이 바로 정치란 세계였기 때문이다.

"아버지, 같은 지역구에 출마하는 이종필 의원 말입니다."

"이종필이?"

야당 소속의 이종필 의원은 이미 4선의 국회의원이었으며, 5선을 목표로 하고 있었다.

"네, 듣기로는 이번 이종필 의원의 선거를 KV 그룹에서 후원한다고 들었습니다. 사실입니까?"

손태진에게도 나름 정보망이 있지만, 아직 정치권에 발을 올린 것이 아니기 때문에 이런 쪽은 아버지인 손진석 쪽이 더욱 확실했다.

"그렇지 않아도 며칠 전 이 보좌관이 그러더구나. 아마 네가 들은 게 사실일 게다. 곽도원 그 친구가 아직 회장에 오르기 전. 그러니까 이종필이 3선 의원인가 그랬을 때 여러모로 많은 도움을 줬으니까."

"그런 일이 있었습니까?"

"알 만한 사람들만 아는 얘기지. 그나저나 너랑 KV 그룹은 여러모로 악연이구나. 그곳에서 지은 백화점이 네 목숨을 빼앗을 뻔하더니, 이번에는 네 가장 큰 적을 후원하고 있으니까 말이야."

"……."

손태진이 찻잔의 차를 한 모금 들이켰다.

아버지인 손진석의 말대로였다.

그저 단순히 이종필 의원 한 사람이었다면, 조금의 난항
은 겪을 수 있어도 어렵지 않게 선거에서 승리할 수 있었을
것이다.

하지만 거대 기업인 KV 그룹이 나선다면 얘기는 달라진다.

본래 정치란 돈과 떼려야 뗄 수 없는 관계였다.

아무리 언론과 대중이 호의적인 시선으로 바라보고 있다
고 해도 땅을 파서 선거를 할 순 없는 노릇이었다.

자신을 따르는 사람들을 먹이고 재우기 위해서는 필연적
으로 돈이 들어갔고 정치인들은 그 돈을 후원이라는 명목
으로 충당했다.

그리고 후원의 큰 손이라고 할 수 있는 사람들은 바로 재
계의 인물이었다.

"아버지. KV 그룹이 이종필 의원을 후원하는 게 단지 회
장인 곽도원이 과거 도움을 받았기 때문입니까?"

"허허! 그럴 리가 있나. 곽도원 회장은 대한 그룹의 조달
만 회장과는 달리 뱀과 같은 인물이다. 본인이 도움을 받았
다고 해서 은혜를 갚을 인물이 절대 아니지. 그러니 그 많
은 형제들을 모조리 피의 숙청으로 쳐내고 회장의 자리에
앉은 것 아니겠느냐?"

"그럼, 어째서 곽도원 회장이 이종필 의원을 돕는 겁니까?"

"이종필이가 국회의원을 계속 할 수 있던 이유가 뭔지 아느냐? 다른 건 다 잘못해도 현실적인 복지 지원만큼은 이종필이란 타이틀을 만들었기 때문이다. 아마 이종필을 아는 사람들은 대부분은 그렇게 말할 게다. 그 사람이 다른 것은 별로인데 그래도 서민들 복지만큼은 최고라고 말이다. 그게 바로 이종필이란 사람이 지금까지 국회의원을 할 수 있던 비결이란다."

손진석에게 답을 들으니, 손태진의 머릿속에 하나의 그림이 그려졌다.

"……KV 그룹은 이종필을 이용해서 지금의 불매 운동을 타개할 생각이군요?"

KV백화점이 붕괴했지만, KV 그룹은 잘못에 대한 인정과 유가족에 대한 보상을 차일피일 미뤄왔다. 그 때문에 뿔이 난 국민들은 대대적인 불매 운동을 벌였다.

'시간이 흘러 조금 잠잠해지나 했더니, DK 그룹에서 설립한 재단이 붕괴 사고로 피해를 입은 사람들을 돕겠다고 나서면서 다시 불매운동이 일어났지.'

덕분에 KV 그룹에서 만든 제품을 들여놓지 않는 매장들이 적지 않게 있었다.

손진석이 흐뭇한 얼굴로 손태진을 바라봤다.

"바로 그거란다. 어차피 국민들이란 시간이 지나면 과거의 잘못은 잊고 현재의 것만 보게 되어 있지. 지금은 비록 KV 그룹이 욕을 먹고 있지만, 만약 이종필이 국회의원에 당선되고 KV 그룹에서 융통한 돈으로 대대적인 복지 활동을 벌인다면 KV 그룹이나 이종필이나 꽤 괜찮은 그림을 만들어 낼 게다. 국민들이야 부국강병의 미래를 꿈꾸는 나라님보다야 당장 배고픔을 해결해주는 원님을 찾기 마련이지 않더냐?"

손태진이 다시 찻잔을 들어 차를 마셨다. 조금 전까지 상쾌하게만 느껴지던 차향이 어쩐지 지금은 쓰디쓴 약을 먹는 느낌이 들었다.

"이 아비도 조금 아쉽긴 하구나. 만약 네가 백화점 붕괴 당시 벌였던 활약이 불과 얼마 전이라면, KV 그룹이나 이종필이 무슨 수를 쓰던 당선은 100% 네가 됐을 텐데 말이야."

"……사람들은 과거를 쉽게 망각하니까요."

백화점 사고 당시 사람들이 KV 그룹의 물건을 불매했던 이유는 붕괴 이후 그들의 도덕적 책임에 대한 비난도 있지만, 불신이라는 이유가 더욱 지배적이었다.

하지만 시간이 흐를수록 사람들의 분노는 서서히 가라앉았고 기억은 엷어졌다.

매일 같이 TV와 라디오에서 흘러나오던 추모의 목소리는 이제 들을 수 없었으며, 백화점이 붕괴된 장소를 찾아 추모하는 사람들 역시 보기 힘든 상황이었다.

만약 DK 그룹에서 재단을 만들고 유족들을 돕겠다고 나서지 않았다면, KV 그룹의 물건을 불매해야 한다는 소리는 이미 진즉 사라졌을 것이다.

이런 상황에서 손태진이 붕괴 현장에서 보인 영웅적이었던 행동이 사람들의 뇌리 속에 기억되어 있을까?

당장 물밀듯 들어오던 방송 출현 요청이 모두 사라진 것만 해도 답은 뻔했다.

"이거 선거 전에 어디서 또 사고라도 일어나서 네가 나서야 하는 건 아닌지 모르겠구나. 뒷일이야 그 도깨비 도사인가 하는 친구를 찾아 부탁하면 되지 않겠느냐? 허허."

마치 농담처럼 한마디를 던지고 나서 손진석이 너털웃음을 지었다.

하지만 정작 그 소리를 들은 손태진은 웃지 못했다.

아버지가 자신을 얼마나 사랑하는지는 알고 있다.

하지만 그건 단순히 자식이기 때문만은 아니었다.

할아버지와 아버지가 이루지 못한 꿈을 이뤄줄 대상이 바로 자신이었기 때문이었다.

'대통령.'

푸른 지붕의 주인. 정치적으로 성공했다고 말할 수 있는 두 사람마저 도달하지 못한 직위.

그리고 자신이 대한민국에서 이룰 최종 목표이기도 했다.

'국회의원이 되기도 전에 벌써 이 카드를 쓰게 될 줄은 몰랐는데.'

손태진이 입술을 몇 번 잘근잘근 깨물다가 입을 열었다.

"아버지 현 대통령이 후보 시절 내세웠던 공약 중에 해외에 있는 국보 혹은 보물급 문화재들을 국내로 반환시키겠다는 내용을 기억하십니까?"

"기억하지. 사실 그 공약은 당시에 대선 후보였던 박성태를 잡기 위한 카드였으니까. 너도 알고 있을 게다. 김주훈 대통령, 김 후보가 그 공약을 발표하고 얼마 지나지 않아서 박성태 후보의 차남이 문화재 밀반출 사건에 휘말려 검찰에 송치됐지 않느냐?"

당시에는 사회적, 정치적으로 큰 파장을 몰고 왔던 이슈였다. 그간 대통령의 아들이 군 면제 혹은 특혜 등으로 문제가 됐던 적은 있었다. 하지만 자국의 문화재를 밀반출 시키려고 했다는 문제로 물의를 일으킨 적은 단 한 번도 없었다.

이 때문에 국내는 물론 해외에서까지도 해당 사건이 크게 이슈가 돼서 뉴스로 방송됐었다.

검찰 조사 결과 박성태 후보의 차남이 공항에서 보유했던 물건은 밀반출을 하기 위해서가 아니라 중국의 지인에게 선물을 하기 위해서였다는 사실로 사건은 종결되었다.

하지만 여론은 쉬지 않고 박성태 후보를 공격했다. 뒤늦게 밝혀진 사실에 의하면, 그의 차남이 선물하려고 했던 물건이 무려 보물급에 속하는 고려 시대의 불상이었기 때문이다.

결국, 박성태 후보는 불상을 박물관에 기증하고 아들의 실수에 대해서 공식 사과를 했지만 이 뒤에도 여러 가지 구설수에 오르면서 후보에서 사퇴하게 되었다.

"네, 그렇습니다. 하지만 그 뒤로 김주훈 대통령이 청와대의 주인이 됐지만, 문화재 반환에 대해서만큼은 별다른 성과를 내지 못하고 있는 걸로 알고 있습니다."

"흐음, 그래서?"

손진석이 흥미 있는 눈동자로 손태진을 쳐다봤다.

자신의 아들이 아무런 이유 없이 이런 말을 꺼냈을 리 없다는 사실을 잘 알고 있기 때문이었다.

"중국의 왕 대인과 일본의 마쓰바시에게 고려와 조선 시대의 문화재를 받기로 한 것들이 있습니다. 개중에는 사라졌다고 알려진 소원화개첩도 있습니다."

"소원화개첩?"

손진석이 고개를 갸웃거리자 손태진이 소원화개첩에 대한 설명을 덧붙였다.

"세종의 셋째 아들인 안평대군이 둘째 형이었던 수양대군에게 죽기 전 썼던 마지막 작품입니다. 국보급의 문화재로 국내에서는 2001년 도난당했다고 알려진 것인데, 마쓰바시 상이 재작년에 일본의 장물아비를 통해 구입했다고 합니다."

일본의 정치인이나 재계 인물 중에서는 유독 한국의 문화재에 관심이 높은 사람들이 많았다.

또한, 실제로 그들의 개인 소장품 중에는 한국에서 보물이나 국보급에 해당되는 문화재들도 다수 있었다.

"그렇다면, 그 가치가 낮지는 않겠구나. 그래서 그 문화재들로 어찌할 생각이냐?"

"아버지께서 대통령과 자리를 마련해주셨으면 합니다."

"대통령과?"

"김주훈 대통령을 만나 제가 왕 대인과 마쓰바시상에게 받기로 한 문화재를 정부의 외교적 성과로 포장하겠습니다. 그리 되면, 김주훈 대통령은 후보 시절 내세웠던 공약을 또 하나 달성하게 되는 것이니 앞으로 정부의 정책을 시행하는데 있어서도 언론에게 호의적인 평가를 받게 될 겁니다."

"그 대가로는 무엇을 받을 생각이더냐?"

"KV 그룹과 이종필 의원을 압박해달라고 할 것입니다. 어차피 현 정부와 KV 그룹은 서로 앙숙과도 같은 사이이지 않습니까?"

"흐음."

손진석이 턱으로 손을 가져가더니, 눈을 감았다.

손태진은 말없이 그런 아버지의 모습을 쳐다봤다.

잠시 뒤 감았던 눈을 뜬 손진석이 한결 부드러워진 얼굴로 말했다.

"KV 그룹과 이종필 의원 쪽은 이 아비가 해결해주마."

"네?"

손태진은 자신의 귀를 의심했다. 분명 이번 선거에서 손진석은 공천을 제외한 직접적인 도움은 주지 않겠다고 선언했다. 너무 쉽게 선거에서 승리를 하면, 자칫 큰 목표를 이루기도 전에 해이해질 수 있다는 것이 이유였다.

그런데 지금 손진석은 자신의 말을 뒤엎고 손태진을 도와주겠다 말하고 있었다.

"그 정도까지 준비를 했다면, 당선이 되고 난 뒤에도 네 나름대로의 큰 그림을 그리고 있었다고 봐야겠지. 그렇다면 굳이 손에 들고 있는 좋은 카드를 가지고 쓸데없이 낭비할 필요는 없지 않겠느냐?"

"아버지……."

"그렇게 볼 필요 없다. 네가 지닌 그 카드를 사용하지 말라는 건 아니니까. 어차피 앞으로 문화재 반환 따위를 공약으로 들고 나올 대통령은 없을 테니, 내가 자리를 마련해주면 예정대로 대통령을 만나도록 하려무나. 만나서 네가 취할 수 있는 더 큰 것을 받아내는 것이다. 정치란, 본디 작은 것을 내주고 큰 것을 가져오는 것이니.”

“명심하겠습니다.”

대답을 함과 동시에 손태진의 머릿속에서 KV 그룹과 이종필 의원에 대한 것은 깊은 심연 속으로 가라앉아 버렸다.

아버지인 손진석이 도와준다고 나선 이상 이번 일은 끝났다고 봐도 무방했다.

이제 자신이 해야 할 것은 미래를 위해 준비했던 카드를 어떻게 효과적으로 사용할지였다.

딸칵.

차량의 시트에 몸을 기대자 운전석에 앉아 있던 비서가 눈치를 보며, 조심스레 입을 열었다.

“의원님과 얘기는 잘 끝나셨습니까?”

“앞으로 이종필 의원 쪽은 신경 쓰지 않아도 될 것 같아. 아버지께서 직접 나서신다고 했으니까.”

손태진의 얘기를 들은 비서가 반색하며 말했다.

“잘 됐습니다! 이종필 의원만 쳐낸다면 이번 선거는 100%로 저희 쪽이 이길 겁니다.”

“그렇겠지. 그보다 요새 그 친구는 뭐하고 있어?”

“네? 그 친구라니요?”

"도깨비 도사. 한정훈 그 친구 말이야."

"아!"

그제야 비서가 알겠다는 듯 고개를 끄덕였다. 그리고는
기억을 더듬거리며, 가장 최근 받았던 보고의 내용을 떠올
렸다.

"별다른 특이 사항은 없습니다. 그냥 평범한 학생들처럼
학교에 다니고 있다고 합니다. 그래서 관리 등급을 B에서
C로 하향한 상태입니다."

관리 등급 B는 최소한 한 달에 한 번씩은 그 사람이 무엇
을 하고 있는지 확인을 한다.

반면, 등급 C는 적게는 반년 길게는 1년에 한 번씩 파악
을 하는 등급이었다.

"C 등급이라."

"등급을 상향 조정할까요?"

손태진이 고개를 흔들었다.

"평범하게 학교를 다니고 있는 사람을 상대로 그럴 필요
까지는 없겠지. 당분간은 C 등급을 유지하도록 해."

"알겠습니다."

고개를 끄덕인 비서가 재빨리 수첩에 관련 내용을 적었
다.

그 모습을 물끄러미 바라보던 손태진이 말했다.

"어디서 그때 같은 사고가 또 생기지는 않겠지?"

"네?"

"백화점 붕괴 사고 말이야. 지금 생각해보면, 참 스릴 있고 재미있었단 말이야. 구조를 기다리는 그 매순간마다 나 자신이 살아 있다는 게 아주 절실히 느껴졌거든. 그때에 비하면 지금은 뭐랄까? 뭔가 하고 있기는 한데 재미가 없어. 이번 일도 조금 어려워질 뻔했지만, 결국은 미리 준비했던 카드들로 수월하게 풀렸잖아?"

"……."

비서가 당황한 얼굴로 손태진을 바라보다가 이내 시선을 밖으로 돌렸다.

뭐라고 답해야 할지 대답을 찾지 못했기 때문이었다.

하지만 정작 손태진은 그런 비서의 행동에는 상관없다는 듯 시트에 몸을 더욱 기대며 중얼거렸다.

"한 번 더 그런 짜릿한 경험을 해보면 좋을 것 같은데. 한 번 더 말이야."

Chapter 79. 제주도에서 생긴 일

시간은 빠르게 지나가 M.T 하루 전인 4월 12일이 되었다.

그간 내가 한 일이라고는 본격적으로 사법 고시를 비롯한 일반 행정직과 외교관 선발 시험을 준비하는 것이었다.

"일단 영어랑 한국사, 프랑스어는 해결 됐고 남은 것은 스페인어랑, 일어, 중국어, 그리고 독일어인가?"

아직 정식으로 결과가 나오지는 않았지만, 가채점 결과 합격선의 점수보다 고득점이었기 때문에 마킹을 밀리거나 하는 바보 같은 실수만 하지 않았다면, 합격은 따 놓은 당상이었다.

목록에 적어 놓은 리스트에 하나 둘 빨간 줄을 그은 뒤 옆에 놓인 헌법 책을 꺼내 들었다.

"……105페이지. 헌법 37조 2항. 국민의 모든 자유와 권리는 국가안전보장, 질서유지 또는 공공복리를 위하여 필요한 경우에 한하여 법률로써 제한할 수 있으며, 제한하는 경우에도 자유와 권리의 본질적인 내용을 침해할 수 없다."

외웠던 내용을 상기하며, 헌법 책을 펼쳤다. 105페이지에는 정확히 내가 말했던 내용이 토씨하나 틀리지 않고 적혀 있었다.

스윽.

다음으로 꺼낸 것은 민법 책이었다.

"321페이지. 민법 제 750조. 고의 도는 과실로 인한 위법 행위로 타인에게 손해를 가한 자는 그 손해를 배상할 책임이 있다."

가볍게 숨을 고르고 민법 책을 펼쳐 321페이지를 찾았다.

이번에도 헌법과 마찬가지로 말한 내용과 똑같은 글귀가 책에 적혀 있었다.

씩─

입가에 절로 미소가 지어졌다.

"완벽하네."

지난 며칠 동안 잠을 아껴가며 공부한 보람이 있었다.

물론 누군가 이런 사실을 안다면 헛소리로 치부할 것이다.

단 며칠로 그 수많은 법 조항을 외울 수 있다면 세상에는 판, 검사들이 넘쳐나고, 사법 고시는 고시가 아니라 흔하디흔한 워드 자격증 같은 취급을 받았을 것이다.

하지만 정산의 방에서 구매한 포인트로 인해 높아진 지력은 한 번 본 내용은 절대 잊지 않는 엄청난 기억력을 내게 줬다.

그 덕분에 지금 내 머릿속에는 민법, 형법, 헌법, 국제법, 형사소송법, 상법, 행정법 등이 머릿속에 페이지까지 차곡차곡 들어가 있었다.

그리고 이런 기억들은 마치 컴퓨터에 저장된 데이터를 읽어오듯 집중해서 떠올리면, 관련된 내용이 머릿속에 자연스레 생각이 났다.

"이 정도면 시험은 문제가 없을 테고. 이제 남은 건 내탕고에 있는 물건들을 꺼내오는 건데."

당장 급한 것은 아니더라도 이 또한 해결을 해야 할 문제였다.

우웅.

휴대폰의 진동음에 발신인을 확인하니, 안 집사였다.

"여보세요?"

[에이전트 원, 쉬시는 데 제가 방해를 한 건 아닌지 모르겠습니다.]

"괜찮습니다. 그보다 어쩐 일이세요?"

[일전에 말씀하셨던 내탕고 말입니다. 방법을 마련했습니다. 여진후 감독이 최근 신작 영화를 촬영하고 있는데, 그 촬영 장소 중에 경복궁이 있더군요. 해서 저희가 투자를 조금 하고 에이션트 원께서는 투자자의 신분으로 방문하시면 될 것 같습니다. 물건을 꺼내고 옮길 친구들 중 일부는 수행비서로, 다른 일부는 엑스트라로 현장에 참여하게 될 겁니다.]

"잠깐만요. 여진후 감독이 찍는 영화라면, 조선의 검을 말하는 겁니까?"

[에이션트 원께서도 알고 계시는군요. 그런데 혹시 무슨 문제라도 있으십니까?]

"아, 아닙니다. 그보다 경복궁 내에서 영화 촬영을 하고 있으니까 출입 기록이 남아도 별 다른 문제는 없겠군요?"

[맞습니다. 게다가 대규모 영화 촬영이다 보니, 꽤 많은 사람들이 왔다 갔다 해서 일을 벌이기도 나쁘지 않을 겁니다.]

"고생하셨습니다. 그래서 촬영 날짜는 언제입니까?"

[4월 25일입니다.]

사법 고시 1차 시험이 있는 바로 다음날이었기 때문에 날짜 상으로도 문제가 없었다.

"알겠습니다. 그럼, 자세한 사항은 만나서 듣도록 하겠

습니다. 제가 내일부터 학교 엠티인데 다음 주 월요일 괜찮
겠습니까?"

[저야 언제라도 상관없습니다.]

"네, 그럼 월요일 날 뵙기로 하죠."

짧은 통화를 끝내고 안 집사와의 대화 내용을 상기하니,
묘한 기분이 들었다.

"이것도 인연인가?"

많고 많은 영화 중에서 하필 조선의 검이라는 사실이 참
으로 신기했다.

"아! 그런데 수향 역할은 누가하는 거지?"

인연이 있기 때문일까? 문득 궁금증이 떠올랐다.

급히 휴대폰을 들어 조선의 검의 출연자 정보를 살폈다.

"정조 역할은 최수원, 그리고 여자 호위 무사 역할은 김
희연? 최수원이야 이미 유명한 배우고 김희연은 누구지?"

최수원은 아역 시절부터 시작해서 이미 30년 가까이 영
화판을 구른 베테랑 중의 베테랑인 배우였다.

하지만 김희연이란 배우는 한 번도 들어 본 적이 없었다.

전작을 검색해 봐도 뜨는 정보가 하나도 없었다. 그러다
연관 검색어를 통해 알게 된 것은 김희연이란 배우가 조선
의 검을 통해 데뷔하는 신인이란 사실이었다.

"아무리 그래도 사진 하나 정도는 있을 것 같은데."

관련된 기사를 하나 둘 열어서 이미지들을 확인했다.

그렇게 얼마간 사진을 확인했을까? 최수원과 함께 활짝 웃고 있는 여성의 사진을 본 순간 내 머릿속에 한줄기 벼락이 내리 꽂혔다.

"……저건 수향이잖아?"

김희연이란 배우의 모습은 내가 기억하고 있는 수향의 모습과 판박이라 할 정도로 똑같았다.

그 시대의 수향이 현대로 넘어온 게 아닐까하는 착각이 들 정도였다.

"신기하네. 어떻게 이런 일이 있을 수 있는 거지?"

상식적으로 설명할 수 없는 많은 일들을 겪긴 했지만, 이런 상황은 또 처음이었다.

"설마 목소리도 똑같은 건 아니겠지?"

또 다른 궁금증이 들었지만, 전작이 없는 신인 배우였기 때문에 목소리를 확인할 방법이 없었다.

"촬영 장소를 방문하면, 한번 확인해봐야겠네."

투자자의 신분으로 방문을 하는 것이니, 목소리를 듣는 것쯤은 크게 어렵지 않을 것이다.

얼마 후 있을 시험에 대한 준비를 하면서 시간을 보내는 사이, 이윽고 M.T날이 찾아왔다.

"여! 왔냐?"

공지에 올라와 있던 대로 법대의 잔디밭으로 향하니 먼저 와 있던 강대호가 손을 흔들어 줬다.

"철주는?"

주변을 두리번거리며 묻자 강대호가 어깨를 으쓱거렸다.

"화장실 갔다. 벌써 두 번째. 비행기에서 큰일 치를 수 없다고 미리 시원하게 비워 놓을 거란다."

"비행기에도 화장실 있잖아?"

"크크."

강대호가 음흉한 웃음을 흘렸다. 순간 머릿속에 떠오르는 가능성은 하나였다.

"……설마 그 녀석 비행기 처음 타는 거냐?"

"정답! 철주 녀석 고등학교 수학여행 때 장염 걸려서 못 갔다고 하더라. 그래서 내가 장난 좀 쳤지. 비행기를 타면 검은 봉지를 주는데, 볼일은 거기다 해결해야 한다고."

"아무리 그래도 말이 안 되잖아. 무슨 두메산골 소년도 아니고 그걸 믿어? 인터넷 검색만 해도 다 나오는데?"

코흘리개 어린아이도 아니고 무려 21살이었다. 더욱이 위와 같은 거짓말은 휴대폰으로 검색 한 번만 해도 거짓임을 단번에 알 수 있었다.

'군대 갈 때 총을 사가야 한다는 것과 같은 수준 아닌가?'

강대호가 실실 웃음을 흘리며 말을 이었다.

"비행기 탈 때 여권이 필요하다는 말도 믿던데? 그래서 그냥 주민등록증만 있어도 탑승할 수 있다고 하니까 안심하더라."

"……순진한 거냐 아니면 바보인 거냐."

"후후, 그냥 누구나 빈틈은 있다고 생각해라. 거기에 나에 대한 믿음이 그만큼 두텁다는 거 아니겠냐?"

고개를 절레절레 흔들며 주변을 둘러봤다. 학교에서 수업을 오가며 한 번쯤 본 적이 있던 사람들이 하나둘 보였다.

그들 모두 캐리어를 끌고 있거나 여행용 가방을 메고 있었다.

"어?"

그러다 눈에 띈 것은 잔디밭에서 홀로 서성이고 있는 몇몇 사람들이었다.

강대호가 내 심정을 이해한다는 듯 어깨를 두드리고는 목소리를 낮춰 말했다.

"의외지? 나도 3학년들이 올 거라고는 생각 못했다. 보통 3학년이랑 4학년은 사시 준비하느라 M.T나 학교 행사는 모조리 빠지니까."

강대호의 말대로였다. 아주 특별한 경우를 제외하고 3학년과 4학년이 학과 공식 행사에 참여하는 경우는 무척 드물었다.

그리고 이와 관련해서는 교수들 또한 크게 문제 삼지 않았다.

오죽하면, 한국대학교 법학과에는 이런 말이 전통처럼 내려왔다.

1학년 50, 2학년 40, 3학년 10, 4학년 0이다. 풀이하자면, 1학년 때만 놀면 사법 고시에 합격할 확률이 50%.

2학년 때까지 놀면 확률은 줄어 40%다. 하지만 3학년 때 노는 사람은 합격할 확률이 고작 10%고 4학년이 돼서도 노는 사람은 0%였다.

사실 이와 같은 말이 반드시 맞는 것은 아니었지만, 대부분의 학생이 3학년이 되는 순간 사법 고시를 목표로 공부하는 것이 현실이었다.

"뭐, 3학년들이 공부를 포기하고 참가할 만큼 이번 M.T가 기대 된다는 거 아니겠어? 요새 저렴한 항공권이 많아서 제주도야 쉽게 갈 수 있다지만, 크라운 호텔에서 자는 건 솔직히 좀 빡세잖아? 찾아보니까 가장 싼 방도 30만 원 이상은 줘야 하는 것 같던데."

"그거야 그렇지."

강대호의 말에 나 역시 고개를 끄덕였다.

지금에야 30만 원이 아닌 300만 원 짜리 방에서라도 무리 없이 잘 수가 있다.

하지만 내가 어디 처음부터 부자였던가? 오히려 등록금과 용돈으로 인해 매일 같이 피가 말리는 시절을 보냈었다.

그런 과거를 생각해보면, 1박에 30만 원 이상 하는 숙소는 사치의 절정이라고 할 수 있었다.

'그래도 이번 M.T의 구성을 보면, 사실 거의 공짜나 다름이 없지.'

회비 형식으로 내는 돈에 비해 열 배에 가까운 혜택을 받을 수 있는 여행이었다.

모르긴 몰라도 앞으로 법대 내에서 두 번 다시 이와 같은 M.T는 없을 것이다.

"그나마 4학년은 아무도 신청을 하지 않은 것 같고. 거기에 3학년들은 3학년들끼리 따로 조를 묶어서 방 배정을 했다더라."

"조랑 방 배정 나왔어?"

그러고 보니 이번 M.T는 3인 1조로 묶어 방을 배정한다고 했었다. 강대호가 씩 웃으며 나와 자신을 손가락을 가리켰다.

"1110호. 너랑 그리고 나. 마지막으로 철주가 한 조다."

"정말이냐?"

4학년이 참여하지 않는다고 하지만, 그래도 이번 M.T에 가는 학생들의 숫자만 백 명에 가까웠다.

그 백 명 중에서 마치 의도적으로 묶은 것 마냥 세 명이 한조가 된 것이다.

"하하! 내가 겨울 방학 때 학교 오가면서 조교 형님 일 좀 도와줬거든. 이 아름다운 대한민국! 혈연 아니면 인맥 아니냐?"

"그럼 그렇지. 그래도 고생했다."

아무리 같은 과라고 해도 친하지 않거나 모르는 사람이 태반이었다.

그런 상황에서 입학 때부터 친하게 지내던 친구들과 같은 방을 쓴다는 건 상당한 행운이라고 할 수 있었다.

분명 누군가는 자신이 싫은 사람과 방을 쓰게 되어서 마음 한편이 불편할 수도 있을 것이다.

"정훈아!"

강대호와 이런저런 얘기를 나누고 있을 무렵. 법대의 건물 안에서 문철주가 아랫배를 만지며 걸어 나왔다.

"시원하게 비웠냐?"

"그럼, 아주 모조리 비워냈다. 지금이라면, 화장실 없이 미국이라도 갈 수 있을 것 같다."

"크크."

문철주의 대답에 강대호가 실소를 흘렸다.

그 모습에 나 역시 어이없는 웃음을 흘릴 무렵, 도로를 가로질러 오는 세 대의 버스가 보였다.

웅성웅성.

한 눈에 보기에도 고급스러워 보이는 리무진 버스가 들

어오자 잔디밭에서 대기하고 있던 학생들이 수군거리기 시작했다.

취이익!

선두에 서 있던 버스의 문이 열리며, 캐주얼 차림의 남자가 버스에서 내렸다.

그 모습을 확인한 강대호가 지금까지의 싱글벙글한 표정을 지우고 중얼거렸다.

"영섭이네."

버스에서 내린 사람은 우리와 동기이기도 한 부회장 민영섭이었다.

민영섭이 잔디밭에 모여 있는 사람을 둘러보더니, 이내 시간을 확인하고 손에 들고 있던 마이크를 입으로 가져갔다.

"아아! 자랑스러운 한국대학교 법학과 학우님들 안녕하십니까? 저는 학생회 부회장인 16학번 민영섭입니다. 제가 맡은 역할은 오늘 여기 있는 여러분들을 공항까지 안전하게 인솔하는 겁니다. 학회장이신 정재훈 선배는 교수님들과 함께 따로 공항에서 합류하실 겁니다. 그럼, 간단하게 인원을 파악한 뒤에 곧장 출발하도록 하겠습니다. 각 차량에는 학생회 소속 스태프들이 탑승하고 있으니, 문의 사항은 스태프들에게 여쭤보시면 됩니다. 자, 그럼 1학년부터 호명할 테니, 이름이 불린 분들은 차량에 탑승해주시기 바랍니다."

마치 랩을 하듯 숨 한 번 고르지 않고 말을 토해낸 민영
섭이 곧장 사람들의 이름을 호명하기 시작했다.

대략 5분 정도 1학년을 호명하고 난 뒤 민영섭이 뒤이어
2학년들의 이름을 부르기 시작했다.

"저보다 나이가 많은 분들도 계시지만, 시간 관계상 호
칭은 생략하고 이름만 호명하도록 하겠습니다. 그럼, 김성
일! 이재훈! 최보현! 강한나! 정희진!"

하나 둘 2학년들이 버스에 탑승할 무렵이었다.

민영섭이 얼굴을 찌푸리고는 시선을 우리가 있는 방향으
로 돌렸다.

"……한정훈! 문철주! 강대호!"

문철주가 강대호의 어깨를 잡았다.

"이름 불렸다. 인상 그만 찌푸리고 가자."

"찌푸리기는! 그냥 햇살이 눈부셔서 그렇다."

"어련하겠냐."

크게 숨을 들이 마시고 토해낸 강대호가 이내 캐리어를
끌고 성큼성큼 버스로 걸어갔다.

그 뒤를 나와 문철주가 따라 걸을 때였다.

우웅.

휴대폰에서 울리는 진동음에 발신인을 확인했다.

[레이아]

"잠깐만, 먼저들 가라. 나 전화 좀 받고."

레이아가 먼저 전화를 거는 경우는 극히 드물었다.

두 사람을 먼저 버스로 보내고 재빨리 전화를 받았다.

"레이아, 무슨 일이에요?"

[에이션트 원! 제주도에 간다면서요?]

"음, 안 집사님에게 들었나요?"

[그래요. 그나저나 어떻게 저한테는 한마디도 안 하실 수가 있어요? 저 정말 서운하려고 하네요.]

"……저기 제가 무슨 해외로 가는 것도 아니고 고작 제주도입니다. 김포에서 비행기 타면, 한 시간 거리요."

[그래도요! 제가 에이션트 원을 대신해서 재단을 운영하느라 얼마나 고생하고 있는지 알고 계세요? 그런데 혼자 제주도로 놀러 가시다니!]

"그건 고맙고 또 미안하게 생각하고 있습니다. 그리고 놀러가는 게 아니라 학교 행사입니다."

재단을 만들어 KV백화점 붕괴 사고의 유가족들을 돕자는 것은 내 의견이었다.

또한 그 재단을 바탕으로 KV 그룹을 무너트리겠다는 것역시 내가 낸 의견이었다.

하지만 정작 지금의 나는 그 모두를 다른 사람에게 맡겨놓은 상황이었다.

물론 이는 귀찮다거나 의욕이 사라졌기 때문은 아니었다.

본격적으로 나서기 위해서는 최소한의 준비가 필요하기 때문이었다.

그 준비의 첫 번째는 곧 있을 사법 고시와 5급 공무원 시험 등이었다.

[흥! 말로만 고마운 거죠?]

"아니요. 아! 혹시 바라는 거라도 있습니까? 면세점에서 선물이라도 사다 드릴까요?"

[그런 건 필요 없고요. 그냥 제가 원할 때 밥이나 한번 먹어요.]

"밥이요? 그거면 됩니까?"

걱정했던 것에 비해서 의외로 소박한 요구였다.

하지만 휴대폰 너머로 들려오는 레이아의 목소리는 진지하기 짝이 없었다.

[맞아요. 단! 아까도 말했지만, 분명 제가 원할 때라고 했어요.]

"알겠습니다. 레이아가 원할 때라면, 그게 해외라도 날아가서 같이 식사를 할게요."

조금 찝찝하기는 했지만, 계속해서 나를 위해 고생해주는 레이아를 위해서라면 충분히 들어줄 수 있는 부탁이었다.

[호호호! 알았어요. 그럼, 조만간 또 연락드릴게요. 에이션트 원, 제주도에서 좋은 시간 보내세요.]

"레이아도요."

뚝–

통화를 끝내고 재빨리 버스로 달려가니, 한껏 인상을 찌푸린 민영섭의 얼굴이 보였다.

"통화는 좀 짧게 하지? 기다리는 사람도 많은데."

"미안."

이번 상황은 내가 사과를 해야 하는 것이 맞았기에 화를 낼 것도 없었다.

나 한 명 때문에 수십 명이나 되는 학우들이 출발을 하지 못하고 발이 묶였기 때문이었다.

"됐다. 얼른 타기나 해라."

순순히 사과를 했기 때문인지, 민영섭 또한 더는 별다른 말을 하지 않았다.

그렇게 버스에 올라타자 맨 뒷자리에 앉아 있는 강대호와 문철주의 얼굴이 보였다.

"정훈아 얼른 와라!"

"우리가 네 자리 맡아 놨다."

두 사람은 정확히 맨 뒷자리의 가운데를 비어 놓고서는 손짓을 하고 있었다.

그 모습에 피식 웃음을 흘리고는 곧장 옆에 있는 남학생에게 말을 걸었다.

"옆에 자리 있나요?"

"네? 아, 아니요."

"그럼, 좀 앉을게요."

털썩.

학교에서 김포 공항까지의 거리는 대략 1시간 30분. 가벼운 낮잠을 자기에는 딱 알맞은 시간이었다.

"흐응, 참 신기하단 말이야."

통화를 끊고 휴대폰을 내려놓은 레이아가 책상 위의 서류를 바라보며, 묘한 표정을 지었다.

"분명 작년까지만 해도 대한민국의 평범한 명문대 학생이었는데 어떻게 이럴 수 있는 거지? 집안이나 주변 사람들도 별다른 게 없는데. 이거 도통 알 수가 없네."

책상 위에 있는 서류. 그 서류에 적힌 내용은 최근까지 한정훈에 대한 모든 것이 적혀 있었다.

만약 한정훈이 이 사실을 알았다면, 당장 분노를 표출했을 것이다.

또한 지금까지의 관계 역시 모두 폐기될 것이다.

하지만 레이아는 자신했다, 그는 자신이 뒷조사를 했다는 것을 절대 알 수 없다.

이 조사를 진행한 사람은 이미 십년 전부터 자신이 수족처럼 부리던 이들이었다.

짧지 않은 기간 동안 그들은 단 한 번의 실수도 하지 않았으며, 이미 대한민국을 다녀간 기록 역시 완벽하게 소각되었다.

덧붙여 이번 조사를 통해 나온 것이 아무것도 없었다.

그렇기 때문에 역설적이지만 오히려 안전하다고 볼 수 있었다.

뭔가 수상쩍은 것이 발견 되었다면, 그만큼 추가적인 조사가 들어갔을 거고 그럼 자칫 예상하지 못한 흔적을 남겼을 확률도 커진다.

하지만 보고서에 적힌 내용만을 보자면, 한정훈은 정말로 평범한 삶을 살아온 학생이었다.

"……아니야. 분명 뭔가가 있어. 5천억을 가볍게 내미는 사람이 평범하다면, 이 세상 부자들은 전부 접시 물에 코를 박아야지."

레이아가 고개를 흔들었다. 아랍 부호의 자식이나 워렌 버핏 혹은 빌게이츠의 아들이 아니고서야 그 큰돈을 과연 선뜻 내밀 수 있을까?

아니, 5천억은 그의 자식들이 아닌 당사자들이라도 쉽게 융통할 수 없는 엄청난 액수였다.

그런 큰돈을 21살의 대학생인 한정훈은 대체 어디서 만들어 냈을까?

그것도 현금화하기가 용이한 무기명 채권으로 말이다.

"정훈, 당신은 대체 무슨 비밀을 가지고 있는 거죠?"

인간은 호기심의 동물이라고 했던가? 레이아는 진심으로 궁금했다.

이번 조사를 지시한 것도 한정훈에게 나쁜 감정이 있기 때문은 아니었다.

단지 순전한 호기심. 이유는 그게 전부였다.

하지만 이번 조사를 위해 무려 20만 달러에 가까운 비용이 발생했음에도 알아낸 사실은 아무것도 없었다.

오히려 아무것도 알아내지 못한 조사팀이 미안해하면서, 절반의 금액만 받겠다고 한 것을 레이아가 억지로 전액을 지급했다.

이번 한 번만 그들의 도움을 받고 끝낼 것이 아니었기 때문이었다.

"후우. 이것으로 내가 동원할 수 있는 가장 확실한 방법은 끝이 났는데, 오히려 조사를 시작하기 전보다 더 궁금해지기만 했네. 차라리 본인에게 직접 물어봐야하나?"

인상을 찌푸린 레이아가 책상 위의 만년필을 만지작거릴 때였다.

똑똑-

"응? 들어와요."

문밖에서 들리는 노크 소리에 레이아가 고개를 들었다.

문이 열리고 들어온 사람은 최근 레이아가 기부 재단을 설립하면서 뽑은 비서 이혜란이었다.

하얀 블라우스에 검은 치마를 입은 그녀는 비서가 아니라 연예인이나 모델이라고 생각될 정도로 출중한 외모를 지니고 있었다.

오죽 했으면 임원 면접에서 이혜란이 연예인이 되겠다고 한다면, 레이아 본인이 첫 번째 후원자가 되겠다는 말을 먼저 꺼낼 정도였다.

또한, 일을 시켜보니 성격도 쾌활하고 일도 야무지고 깔끔하게 처리하는 편이라서 입사한 지는 얼마 되지 않았지만, 레이아에게 많은 신임을 받고 있었다.

"이사장님, 회의 시간 다 되었습니다."

회의라는 말에 레이아가 시간을 확인하더니, 아차 하는 표정을 지었다.

"이런, 유가족 지원 방안에 대한 임원 회의가 오늘이었던가요?"

"네, 혹시 처리하셔야 할 일이 있으시다면 회의 시간을 뒤로 미룰까요?"

"아니에요. 지금 바로 가죠. 어느 회의실이죠?"

"8층 대회의실입니다."

"알았어요."

자리에서 곧장 일어난 레이아가 재빠른 걸음으로 방을

빠져나갔다.

슥.

그런 레이아의 뒷모습을 바라보던 이혜란이 무심한 얼굴로 조금 전까지 그녀가 앉아 있던 책상을 바라봤다.

그리고 그 위에는 조금 전까지 레이아가 살펴보던 한정훈에 관한 서류가 있었다.

"와! 여기가 제주도야? 바다 냄새 장난 아니네!"

제주국제공항. 비행기에 내린 문철주가 연신 주변을 두리번거리며 감탄사를 토해냈다.

그 모습에 강대호가 혀를 차며 말했다.

"쯧쯧. 여기요! 촌놈 있습니다! 여러분 여기 제주도 한 번와보지 못한 촌놈 있어요!"

"어이가 없네. 그러는 너도 수학여행 때 한 번 온 게 전부잖아?"

"네, 그래도 저는 한 번이라도 와봤기 때문에 공항에서 바다 냄새가 난다는 말은 하지 않습니다. 아니면, 혹시 개코세요?"

"아닌데~ 아닌데~ 개코 아닌데?"

누가 이 두 사람을 보고 대한민국의 최고 명문대에 다니는 학생이라고 생각할까?

옆에서 보고 있자면, 정말이지 덤 앤 더머가 따로 없었
다.

짝! 짝!

잠시 딴청을 피우는 사이 인원 체크를 끝낸 민영섭이 주
변의 이목을 모으고자 손뼉을 쳤다.

"자, 인원 체크 끝났습니다. 미리 공지를 해드렸지만, 오
늘 오후 6시까지는 자유 시간입니다. 6시까지 마음껏 노시
고 크라운 호텔로 복귀하시면, 7시부터 학과 공식 행사가
있을 예정입니다. 호텔 체크인은 오후 두시부터 가능하니,
별다른 계획이 없는 분은 호텔에 가셔서 짐을 풀고 쉬셔도
됩니다."

수다를 떠느라 어수선했던 분위기가 일순 가라앉았다.

그만큼 다들 민영섭이 지금 하는 말이 이번 2박 3일의
M.T에서 상당히 중요한 것이라는 것을 알았기 때문이다.

"그리고 수영장이나 사우나 같은 부가시설 이용료는 배
정 받은 방 번호를 알려주시고 사용하면, 학회에서 체크아
웃 할 때 지불할 예정이니 참고해주시기 바랍니다. 다시 한
번 말씀드리지만, 학과 행사는 7시부터입니다. 만약 그때
까지 돌아오지 않은 분들은 이번 엠티에서 불이익을 받을
수 있으니, 되도록 시간을 엄수해주셨으면 합니다. 그럼,
즐거운 시간 보내시기 바랍니다."

공지사항 전달을 끝낸 민영섭이 고개를 꾸벅 숙이고는 몸을 돌렸다.

그러자 그 주위로 같은 학회 소속은 학생들이 삼삼오오 모여 들었다.

학생회가 이번 M.T를 주관하긴 했지만, 그들 역시 학생회 소속 이전에 법대 소속의 학생들이었다.

당연히 모처럼 놀러온 제주도에서 다른 학생들의 보모 노릇이나 하고 싶을 리 없을 것이다.

"설마 했지만, 첫날부터 자유 시간을 주네. 대체 교수들을 어떻게 구워삶은 거야?"

비록 워크숍이 아닌 M.T이긴 했지만, 그렇다고 해도 공항에 도착하자마자 이렇듯 빠르게 자유 시간을 줄 것이라고는 생각하지 못했다.

"교수님들은 아마 크루즈 타고 돔 낚시 가셨을 걸?"

"그게 무슨 소리야?"

강대호의 설명에 내가 되묻자 그가 어깨를 으쓱거렸다.

"조교 형한테 들었다. 자기 배 멀미 있는데 낚시 따라 가게 생겼다고 고민 엄청 하던데? 그리고 학과장이 완전 낚시 광이래."

"그러니까 자기들도 빨리 놀려고 우리한테 일찍 자유 시간을 준거네?"

"좋은 게 좋은 거 아니겠냐? 대충 듣기로는 2박3일 동안 오전이랑 오후는 자유 시간 주고 저녁에만 공식 행사 진행할 것 같더라."

"와! 학생회장 대단하네. 솔직히 다른 건 다 떠나서 이건 칭찬할 만하다."

문철주의 지적에 강대호가 쓴 웃음을 지었다. 그리고는 이내 하나둘 움직이는 학생을 보며 말을 이었다.

"그나저나 우리는 이제 뭐하냐? 계획들 있어?"

문철주가 아무런 말없이 날 쳐다봤다. 하지만 나라고 해서 별다른 계획이 있을 리 만무했다.

곰곰이 생각을 하다가 주변을 살피니, 줄지어 있는 렌터카 데스크가 보였다.

"일단 차부터 렌트하는 게 어때?"

내 제안에 두 사람이 놀란 표정을 지었다.

"너 면허 있었어?"

"언제 딴 거야? 1종? 2종?"

두 사람의 반응은 당연했다. 차를 몰기 시작한 지는 꽤 됐지만, 학교를 갈 때에는 단 한 번도 가지고 간 적이 없기 때문이었다.

"1종으로 작년에 땄다."

강대호가 엄지손가락을 척하고 내밀었다.

"오오! 대박! 우리 정훈이 남자네!"

"그럼, 우리 오픈카 어때? 제주도의 낭만은 오픈카를 타고 해안 도로를 달리는 거라며?"

"멍청아. 그런 건 나중에 여자 친구랑 해라. 난 내 첫 경
험을 너랑 하고 싶지 않으니까."

"……미안. 나도 다시 생각해보니까 남자 세 명이서 오
픈카는 아닌 것 같다."

잠시 상상의 나래를 펼치던 문철주가 부르르 몸을 떨며
곧장 사과를 건넸다.

그 모습에 피식 웃음을 흘리고는 말했다.

"그냥 내가 가서 대충 아무거나 계약하고 올 테니까 기
다리고 있어."

"정훈아!"

"어?"

"이왕이면 큰 차로 빌려라."

"큰 차?"

"그래! SUV나 카니발 같은 거 말이야."

"야! 3명이서 무슨 카니발이야."

문철주가 놀라서 묻자 강대호가 한심하다는 듯 고개를
흔들었다.

"아둔한 중생이 어찌 이 현인의 뜻을 이해하겠는가?
정훈아 무조건 큰 차로 빌려와. 어차피 지금 비수기고 세
명이서 더치페이 하면 되니까, 돈은 큰 부담이 안 될 거
야."

"그럼, 당근 더치페이지!"

해맑게 웃는 친구들을 보며, 씩 한 번 웃어줬다.

'녀석들 말이라도 고맙다.'

속으로 감사의 인사를 하고는 렌터카 데스크를 향해 걸음을 옮겼다.

"어서 오세요! 한빛 렌터카입니다. 렌트하시려고요?"

한빛 렌터카라고 써져 있는 곳으로 향하니, 데스크에 서 있던 직원이 사람 좋은 미소와 함께 재빨리 팸플릿 하나를 꺼냈다.

"대여 가능한 차량 목록은 팸플릿을 확인하시면 되고요. 혹시 원하시는 차량 종류가 있으시면 확인 후 바로 대여가 가능한지 말씀드리겠습니다."

"카니발도 있나요?"

"몇 인승으로 찾으세요? 7인승, 9인승, 11인승이 있습니다."

"음······."

강대호가 무조건 큰 차로 빌리라고는 했지만, 그래도 11인승은 너무 크다는 생각이 들었다.

'애매할 때는 역시 중간이지.'

결정을 내리고는 팸플릿에서 9인승짜리 카니발을 손가락으로 가리켰다.

"9인승 카니발로 할게요."

"9인승 카니발은 현재 24시간 기준 7만원이고요. 보험은 일반 자차와 완전 자차가 있는데 어떤 것으로 해드릴까요? 일반 자차는 가격이 1만 원이고 차량이 파손될 경우 30만 원까지 보험처리가 가능합니다. 완전 자차는 4만 원인 대신에 최대 500만 원까지 보험 처리가 가능하고요."

"완전 자차로 할게요. 음, 일요일까지 사용할 예정입니다."

"일요일까지면, 3일 기준 21만 원에 보험료 12만 원. 합해서 33만 원인데요. 현재 저희가 30만 원 이상 렌터카를 대여하시는 고객님들께 만 원 할인 행사를 하고 있어서 32만 원 되겠습니다."

"네, 그렇게 해주세요."

계약은 일사천리였다. 카드로 대금을 지불한 뒤에 운전 면허증을 내밀고 서류에 인적사항을 몇 개 기입하는 것으로 모든 절차는 끝이 났다.

"3번 게이트로 나가면, 10분에 한 번씩 운행하는 저희 한빛 렌터카 버스가 있습니다. 그걸 타시고 렌터카 사무소로 가셔서 성함을 말씀하시면, 차량을 내줄 거예요. 그럼, 고객님. 즐거운 여행 되세요."

"네, 수고하세요."

순식간에 계약을 끝내고 강대호와 문철주에게 돌아가자 두 사람이 한껏 기대어린 표정으로 나를 쳐다봤다.

"계약은 잘 했어?"

"무슨 차로 했냐?"

"9인승 카니발로 했다. 아무래도 11인승은 너무 큰 것 같아서."

"9인승? 그것도 너무 큰 거 아니야?

문철주는 놀란 듯 되물었지만, 강철주는 반대로 잘했다는 듯 고개를 끄덕였다.

"말이 9인승이지. 가장 뒤쪽에 앉는 세 명 자리는 불편해. 거기다 짐까지 싫어야 하니까 공간도 협소하지. 아마 편하게 앉는 건 6명도 정도일걸? 고로 난 정훈이 너의 굿 초이스에 찬사를 보낸다."

피식.

가볍게 웃고는 저 멀리 보이는 3번 게이트를 손가락으로 가리켰다.

"굿 초이스는 무슨. 아무튼 차는 공항이 아니라 렌터카 사무소에서 받아야 한다니까. 이동하자. 3번 게이트에서 버스 타면 된다고 하더라."

공항에 도착해서 차량을 대여하고 또 받기까지 대략 1시간이 조금 넘는 시간이 걸렸다.

운전석에 앉아 시각을 확인하니 12시40분이었다.

"와! 이거 짱 넓은데? 정훈아 에어컨!"

보조석에는 강대호가 뒷자리에는 문철주가 앉았다.

문철주의 요청에 시동을 걸고 에어컨을 켜자 금세 시원한 바람이 흘러나왔다.

"후우, 살겠다. 아직 4월인데 무슨 날씨가 한 여름 같냐? 이 정도 날씨면 해수욕을 해도 괜찮겠는데?"

"일단 제주 바다에 왔으니까 발이라도 담구긴 해야지. 하지만 그 전에 아주 중요한 미션이 있다."

"미션?"

"지금부터 다시 제주 공항 주변으로 가서 그 주변을 천천히 살피는 거다."

"그게 무슨 소리야? 기껏 공항에서 나왔는데 거긴 또 왜 가?"

"답답하긴. 우리야 정훈이가 있어서 렌트도 금방 했지만, 여자 애들은 어떻겠냐? 남자 애들도 우리 또래에 면허가 없는 애들이 태반인데 여자애들은 당연히 없겠지. 그럼, 이용할 수 있는 교통편은 버스 아니면 택시인데. 택시는 가격이 부담스러울 거고 버스는 낯선 곳이라 노선이 헷갈려서 난감해하고 있을 거란 말이야."

이제야 강대호가 생각하고 있는 그림이 뭔지 알 것 같았다.

"너 여자애들 태우려고 큰 차 빌리라고 했던 거냐?"

"딩동댕!"

강대호가 입가에 함박웃음을 지었다.

"기껏 이렇게 온 제주도를 우리끼리만 즐길 수야 없지. 기대해라. 내 온몸을 불살라서 너희에게 즐거움을 만들어 줄 테니까."

"아둔한 중생이 현인의 뜻을 미처 알지 못했습니다. 죽여주시옵소서."

뒤늦게 상황을 파악한 문철주가 큰 깨달음을 얻었다는 듯이 고개를 납작 숙였다. 그 모습에 강대호가 근엄한 표정으로 말했다.

"쯧쯧. 이제라도 깨달았으면 됐다. 너는 지금부터 제주도 최고의 맛집을 찾아라. 분명 도움이 될 것이다."

"충! 알겠습니다."

기합이 잔뜩 들어간 목소리로 대답을 한 문철주가 재빨리 휴대폰으로 검색을 하기 시작했다.

그 모습을 확인한 강대호가 시선을 나에게로 돌렸다.

"자, 정훈아! 준비 됐지? 공항으로 렛츠고다!"

"훗, 그래. 알았다."

정면을 가리키는 강대호의 손짓에 고개를 끄덕이며 힘차게 액셀을 밟았다.

'……어차피 이번 M.T가 끝나면 더는 이런 시간을 가지기도 힘들겠지.'

연이은 시험이 끝나면 그때부터는 본격적으로 그간 계획했던 일들을 전면적으로 진행할 예정이었다.

그리 되면 이렇게 친구들과 어울려 놀 수 있는 시간은 현격하게 줄어들 것이다. 아니, 사실상 거의 없다고 보는 것이 맞을 것이다.

'그래, 이왕 왔으니까 후회 없이 그리고 미련 없이 놀아보자.'

좋은 친구들과 좋은 곳에 왔다. 또한 돈이 부족한 상황도 아니었다.

그렇다면, 다시는 돌아오지 않을 이 시간을 위해 한 번쯤은 고삐가 풀린 것처럼 놀아보는 것도 좋지 않을까?

부아앙―

기분 좋은 상상과 함께 액셀을 밟은 발에 서서히 힘이 들어가기 시작했다.

TIME
ROULETTE
타임룰렛

Chapter 80. 해상의 구조 작업 (1)

　1등의 자리가 흔들리면, 기회는 자연스레 2등과 3등에게 오기 마련이었다.

　그리고 이는 기업 간의 경쟁에서도 마찬가지였다.

　백화점 붕괴 사고로 여론과 정부에게 단단히 미움을 받은 KV 그룹의 주가는 나날이 떨어지고 있었다.

　한 달 사이 한 주당 이백만 원에 육박하던 주가는 오십만 원 가까이 하락해 백오십만 원 선에서 오르락내리락 하고 있었다. 전체 규모로 따진다면, 가히 천문학적인 액수였다.

　주가가 이대로 계속 하락한다면, 자칫 주주들이 임시총회를 개최할 가능성도 있었다.

그리되면 논의할 안건은 하나뿐이었다.

바로 최고 경영자의 교체였다.

이 때문에 곽도원 회장은 떨어지는 주가를 바로잡기 위해 하루가 멀다 하고 임원들과 직원들을 달달 볶았다.

그중 가장 고생을 하는 부서는 KV 그룹의 실질적인 머리라고 할 수 있는 미래전략기획실이었다.

미래전략기획실은 KV 그룹의 전략, 경영, 인사, 기획, 홍보, 법무 등 전반적인 분야를 관리하는 컨트롤 타워였다.

KV 그룹에 소속된 사람은 미래전략기획실의 눈을 벗어날 수 없으며, 기획실 소속으로 활동하는 정보팀과 로비스트들이 따로 존재할 정도였다.

그렇기 때문에 미래전략기획실에 소속된 사람들은 그룹 내에서 최고라 불리는 인재들임과 동시에 곽도원 회장의 최측근들이었다.

곽도원 회장이 자신 앞에 바른 자세로 앉아 있는 사내를 쳐다봤다. 땅딸막한 체구에 외모 역시 평범하기 그지없는 얼굴. 다만 운동을 꾸준히 했는지 그의 몸은 보는 이로 하여금 단단한 바위를 연상하게 했다.

사내의 이름은 마동수. 촌스러운 이름과는 달리 미국 최고의 대학이라는 하버드에서 경영학 박사 과정을 수료했으며, 단지 경험이란 이유 하나로 행정 고시와 지금은 폐지된 외무 고시를 치러 동시에 합격했던 천재 중의 천재였다.

그리고 KV 그룹에서 곽도원 회장이 유일하게 막말을 하지 않는 인물이기도 했다. 곽도원이 KV 그룹 회장의 자리에 앉을 수 있던 이유가 바로 마동수의 전략적 도움과 빠른 판단력 때문이었다.

"후우, 마 실장."

"네, 회장님."

"오늘 손진석에게서 전화가 왔네."

손진석이란 이름이 흘러나오자 마동수의 양 미간이 찌푸려졌다. 지금 시점에서 여당의 원내 대표인 손진석이 곽도원에게 전화를 걸 이유는 하나밖에 없기 때문이었다.

"이종필 의원에 대한 후원 때문입니까?"

"그래, 느닷없이 전화를 걸더니 다짜고짜 나한테 손을 떼라고 하더군."

"……."

"자네 생각은 어떤가? 이대로 손진석의 말을 들어야 할까? 아니면 그의 말을 무시하고 계속 이종필을 후원해야 할까? 어찌됐든 이종필을 돕자는 건 미래전략기획실에서 제시한 방법이지 않았나?"

"그렇습니다. 지금 상황에서 회사를 안정시킬 수 있는 가장 확실한 방안은 명망 있는 정치인과 같은 배를 타는 것이었습니다. 그리하면, 정부와 대중을 상대로 보다 쉽고 빠르게 그룹의 이미지를 세탁할 수 있기 때문이었죠."

곽도원이 고개를 끄덕였다.

"그래, 나도 그 말이 옳다고 여겨서 이번 일을 추진하라고 결재한 것이야. 하지만 손진석이라는 예상하지 못한 변수가 등장한 이상 아무런 준비 없이 일을 계속 진행할 수는 없네. 호랑이가 늙으면, 오히려 여우보다 더 상대하기 껄끄러운 법이야."

"죄송합니다. 그의 아들이 이종필과 같은 지역구에 출마한다는 것은 알고 있었지만, 그간 손진석의 성격을 보건데 선거에는 개입하지 않을 거라고 생각했었습니다. 제 판단착오입니다."

마동수는 깔끔히 자신의 잘못을 인정했다.

하지만 그건 지금 곽도원이 듣고 싶은 대답이 아니었다.

"지금 이 자리는 마 실장 자네의 과오를 추궁하기 위해서가 아니야. 지금 우리에게 필요한 것은 앞으로 취해야 할 대책이네."

"일단은 이종필 의원과의 관계를 끊고 물러나야 합니다."

"……이대로 바로 말인가?"

곽도원의 얼굴이 찌푸려졌다.

물론 상대는 현 시점에서 대통령보다도 껄끄러운 여당의 원내 대표였다. 하지만 자신도 명색이 대한민국의 한 축을 짊어지고 있는 재벌가의 회장이었다.

고작 전화 한 통으로 바로 꼬리를 내리기에는 자존심이 상할 수밖에 없었다. 만약 지금 눈앞에 있는 사내가 마동수가 아니었다면, 평소 성격대로 진즉 욕설부터 토했을 것이다.

　마동수가 차분한 목소리로 말을 이었다.

　"만약 다른 사람을 통해서 해당 내용이 전달된 것이라면, 어렵지 않게 대처 방안을 만들어냈을 겁니다. 그건 단지 경고였을 테니까요. 경고가 위협에서 협박으로 바뀌어 있을 때쯤, 이미 이종필 의원은 국회의원이 되어 있었을 겁니다. 하지만 손진석이 직접 회장님에게 전화를 걸었다는 것은 이번 일에 여유를 두지 않고 본인이 직접 주시하겠다는 의사 표현입니다. 만약, 저희가 이와 관련해서 조금만 움직임을 보여도 그쪽에서는 곧장 칼을 휘두를 겁니다."

　"흐음, 꼭 그 인간만 칼을 휘두르라는 법은 없지 않은가?"

　곽도원의 목소리에는 은은한 분노가 서려 있었다.

　머리로는 마동수의 말이 옳다는 것을 이해했다. 하지만 가슴 한편에서는 여전히 분노가 남아 있었다.

　자존심 때문이었다.

　"마 실장, 자네 팀에서 손진석 그 사람 뒤를 본격적으로 파보는 건 어떤가? 여섯 번이나 해먹었으니, 제대로 파보면 뭔가 구린 게 많이 나오지 않겠나?"

"물론 있을 겁니다."

"그럼……."

"회장님."

마동수가 담담한 목소리로 곽도원을 불렀다. 그 목소리는 평생 산전수전을 겪어 회장의 자리에 오른 곽도원조차 순간적으로 움찔할 정도였다.

"……뭔가?"

"손진석을 노릴 경우 회장님께서는 회장직을 잃게 되실 수도 있습니다. 물론 그 역시 원내 대표의 자리와 국회의원이란 직함을 잃겠지요. 하지만 그리 된다 한들, 회장님께 남는 것이 뭐가 있으시겠습니까? 자존심이 조금 상하시겠지만, 이번 일은 깔끔하게 물러나시는 것인 최상의 방책일 것입니다. 주가를 정상화 시킬 방법은 이종필 의원이 아니더라도 다른 방법을 쓰면 됩니다."

"잠깐, 지금 다른 방법이 있다고 했나? 이 사람아! 그럼, 진즉 그 얘기부터 해야지! 다른 방법이 있다면, 굳이 손진석과 척을 질 이유가 없지 않은가? 하하! 그래, 그 방법이 뭔가?"

곽도원이 반색하며 사람 좋은 표정을 지었다.

애초에 이종필은 그에게 현재 하락 중인 주가를 정상화 시킬 수단에 불과했다. 주가를 다시 반등시킬 수 있다면, 곽도원은 아무리 마동수가 만류하고 손진석과 척을 지더라도 이종필을 후원했을 것이다.

하지만 다른 방법이 있다면, 굳이 위험 부담을 감수하면서 이종필과 같은 배를 탈 이유가 없었다.

물론 이종필 쪽에서 이와 관련해서 강력하게 항의를 하겠지만, 그 정도쯤이야 충분히 무마시킬 수 있었다.

'어차피 이종필과 손을 잡기로 결정한 순간부터 미래전략기획실에서 놈의 구린 부분들을 수집해 뒀을 테니, 여차하면 그걸 활용하면 되겠지.'

물론 이러한 부분은 굳이 지시를 하지 않아도 마동수가 알아서 처리를 할 것이다.

"자, 뜸들이지 말고 어서 그 방법이 뭔지 말해보게."

"이종필 의원과 같은 지역구에 출마하는 손태진을 후원하는 겁니다."

"뭐?"

"저희 쪽 분석으로는 이번 선거에서 8:2로 이종필 의원이 당선될 것이라고 판단했습니다. 물론 이 수치는 손진석이 개입하지 않는다는 전제였습니다."

"개입한다면?"

"1:9입니다. 손태진이 무조건 이길 겁니다."

마동수는 추호의 망설임도 없이 대답했다.

곽도원이 난감한 표정으로 물었다.

"아무리 손태진의 뒤에 손진석이 있다고 해도 그 녀석은 이번 선거가 처음이지 않은가? 당선이 된다고 해서 초선 의원인데 우리한테 도움이 되겠는가?"

"KV백화점이 붕괴했을 당시 그 안에 손태진 역시 있었습니다. 그곳에서 그는 같이 있던 사람들을 이끌어 구조대가 올 때까지 무사히 버틴 경험을 통해 상당한 유명세를 치렀습니다. 본인이 그 사실을 적극적으로 활용하지 않았음에도 말입니다."

"그럼, 오히려 우리한테 부정적인 것이 아닌가? 백화점에서 그런 일을 겪었는데 후원을 받겠는가?"

마동수가 고개를 저었다.

"제가 아는 손태진은 고작 그 정도의 일을 가지고 감정을 개입할 인물이 아닙니다. 게다가 그의 이력은 저희와 손을 잡았을 때 더 크게 빛나게 될 겁니다. 과거의 잘못을 반성하며, 더는 이 나라에 끔찍한 사고가 일어나지 않도록 현장의 영웅이었던 국회의원과 함께 하는 KV 그룹이란 슬로건으로 말입니다."

"현장의 영웅과 함께하는 KV 그룹이라."

곽도원이 턱을 쓰다듬으며 마동수가 내뱉은 말을 읊조렸다. 확실히 그림은 나쁘지 않았다.

붕괴 사고를 겪었던 당사자이자 영웅이 국회의원이 되었고 과거의 일을 반성한 기업과 함께 새롭게 출발한다.

초기에는 여러 말들이 있겠지만, 그런 말들은 보여주기

식의 사업과 돈을 들여 기사를 쏟아내면 금방 사라질 것들이었다.

"……손태진을 우리 쪽으로 끌어들이는 건 가능하겠나?"

"이틀 후 제주도 크라운 호텔에서 하버드 동문 모임이 있습니다. 선거 전 인맥 관리를 위해 손태진도 분명 참석을 할 테니, 그때 제가 접선을 해보도록 하겠습니다."

"알겠네. 내 이번 일은 전적으로 마 실장에게 맡길 테니, 필요한 것이 있으면 뭐든 말만 하게. 아낌없이 지원하도록 하지."

"알겠습니다. 그리고 회장님, DK 그룹의 희망 재단과 관련해서 한 가지 더 드릴 말씀이 있습니다."

희망 재단은 DK 그룹의 부사장 레이아가 KV백화점 유가족들을 지원하기 위해 만든 기부 재단이었다.

빠드득.

"……말해보게."

희망 재단이란 이름을 듣는 순간 얼굴이 굳어진 곽도원이 이를 갈았다. 실상 회사의 주가가 본격적으로 바닥치기 시작한 것은 희망 재단 발표가 언론에 뿌려지고 난 직후였다.

만약 희망 재단이 설립되지 않았다면, 주가가 지금처럼 크게 요동치지는 않았을 것이다.

"최근 이사장인 레이아가 누군가의 뒷조사를 한 모양입니다."

"뒷조사?"

"네, 이름은 한정훈. 현재 한국대학교 법과대학 2학년에 재학 중입니다."

"한국대학교 법대라. 머리는 좀 되는 녀석인가 보군. 그래서 어느 집 아들이야? 내가 들어본 적 없는 이름이니 재벌가의 아들은 아닌 것 같고. 정치인이나 법조계 쪽인가?"

"아닙니다. 평범한 집안의 자식입니다. 어머니는 안 계시고 아버지는 시골을 돌아다니며, 골동품을 모아 파는 일을 한다고 하더군요."

마동수의 설명을 들은 곽도원의 표정이 미묘하게 변했다.

"뭐? 그쪽에서 그런 자식 뒷조사를 대체 왜 한 거야?"

"그게 저희 쪽도 의문입니다. 다만 한 가지 분명한 것은 그간 지켜본 레이아의 성격이라면, 아무런 이유 없이 사람을 뒷조사할 리는 없다는 겁니다."

곽도원이 고개를 끄덕였다.

"흐음, 하긴 그렇지. 한국대학교 법대 2학년이라고 했던가? 이름이 한……."

"한정훈입니다."

"그래, 그 녀석에 대한 건 내가 한번 알아보겠네. 자네는 손태진에 대한 것만 차질이 없도록 신경 써주게."

"알겠습니다."

고개를 숙여 대답을 끝낸 마동수가 자리에서 일어섰다.

그러자 곽도원이 손사래를 치며 말했다.

"이 사람아 보고가 끝났다고 그리 매정하게 가는가? 이 럴 게 아니라 내 잘 아는 장어집이 있으니 오랜만에 둘이서 밥이라도 먹도록 하세. 골치 아픈 회사일 얘기는 잠시 접어 두고 말이야."

차량을 끌고 공항으로 향하니 버스 정류장과 택시 승강 장에서 익숙한 얼굴들이 하나 둘 보이기 시작했다.

"그런데 대호야. 대체 누굴 태울 생각인거야?"

보조석에 앉아 한창 휴대폰을 만지작거리던 강대호가 고 개를 들고는 씩 웃었다.

"태울 사람이 없을 것 같아서 걱정이냐? 이미 메시지는 폭발하고 있다. 우린 선택만 하면 되는 거야."

거짓말이 아니라는 걸 확인시켜주기 위해 강대호가 들어 올린 휴대폰에는 계속해서 진동이 울리고 있었다.

"후후. 내가 저번 학기에 바짝 인맥 관리를 한 보람이 느 껴지는 것 같다."

강대호의 입가에 지어진 미소가 점차 짙어질 무렵이었다.

뒷자리에서 계속 맛집을 찾던 문철주가 난감한 목소리로 입을 열었다.

"저기 애들아. 내가 뭔가 실수를 한 것 같아."

"갑자기 그게 무슨 소리야?"

"그러니까 그게 소연이한테 연락이 와서 말이야. 너희들이랑 같이 있다고 했거든."

"그래서?"

"아니, 그래서 어디냐고 묻기에 지금 카니발 렌트해서 공항 가는 길이라고 했지."

얘기를 듣던 강대호의 표정이 굳어졌다.

그 모습에 나 역시 차를 갓길에 대고 시선을 문철주에게로 돌렸다.

"그래서?"

"그게 그러니까…… 소연이가 자기들도 같이 놀자고 해서 나도 모르게 알았다고 보내 버렸어."

"야!"

"미안하다."

"하! 신이시여. 이 아둔한 중생이 정녕 우리의 친구란 말입니까?"

양손으로 머리를 부여잡은 강대호가 한숨을 푹 내쉬더니 나를 쳐다봤다.

"어떻게 할 거야? 너 아직 소연이랑 좀 껄끄러운 사이잖아. 야! 너 여기에 정훈이 있다고 말 안했어?"

"했지."

"했는데도 소연이가 같이 놀자고 그랬다고?"

"어."

"젠장, 걔는 또 무슨 생각이야? 아무튼 난 정훈이 네 결정에 따른다. 소연이한테는 미안하다고 다시 문자 보내면 되는 거니까."

동기 신소연. 분명 그녀와 나는 1학년까지만 해도 꽤 친한 사이였다. 그랬던 것이 KV백화점의 붕괴 현장 봉사 활동에 참여하지 않은 것이 원인이 되서 지금은 사이가 꽤 소원해진 상태였다.

붕괴 현장에서 그 어떤 소방관 보다 많은 사람들을 구해 낸 내 입장에서는 다소 억울하기는 한 일이었지만, 이 사실을 밝히자면 그 당시 언론을 떠들썩하게 만들었던 도깨비 도사가 나라는 사실을 밝히고 입증해야만 했다.

'말도 안 되는 소리지.'

신소연을 못 믿기보다는 애초에 비밀을 유지하는 가장 좋은 방법은 그 사실을 아는 사람을 최소화 하는 것이다.

"어떻게 할까?"

풀이 죽은 문철주의 물음에 핸들을 다시 잡아가며 말했다.

"어디서 보기로 했어?"

"같이 놀려고?"

"친구를 거짓말쟁이로 만들 수는 없으니까."

"미안, 그리고 고맙다. 공항 4번 게이트에 있겠다고 했어."

반색하며 좋아하는 문철주를 보며, 강대호가 심드렁한 표정으로 중얼거렸다.

"어이구, 좋냐? 그나저나 우리의 모범생 신소연이 함께 한다면 일탈을 하면서 즐기기는 틀렸네. 아! 나의 야심찬 계획이 이렇게 끝장나는 건가."

조금 전까지만 해도 의욕에 차있던 강대호는 마치 나라를 잃은 것 같은 표정을 짓고 있었다.

"희망을 가져라. 혹시 아냐? 걔가 생각지도 못한 사람이랑 같이 있을 수도 있잖아."

내 입장에서는 단순히 강대호를 위로하기 위해서 던진 말이었다.

하지만 옛말에 말이 씨가 된다고 했던가?

4번 게이트에 도착한 우리는 전혀 의외의 사람 두 명을 신소연과 함께 일행으로 받아들여야 했다.

같은 시각. 일본 동경.

일본 유통업계의 NO.1이자 재계 서열 8위인 동경 그룹은 소속된 직원 숫자만 15만 명. 연매출 150억 달러에 육박하는 대기업이다.

　특히 동경 그룹은 일본 재계 서열 10위권의 회사 중에서 유일하게 상속이 아닌 창업주 마야토가 맨 손으로 일군 그룹으로도 유명했다.

　이 때문에 과거부터 동경 그룹은 대한민국의 조달만 회장이 일으킨 대한 그룹과 항시 많은 비교를 당했다.

　나이도 엇비슷한 두 사람이 비슷한 시기에 무일푼으로 아시아를 호령하는 거대 기업을 일궜기 때문이었다.

　다만 최근 들어 대한 그룹이 다방면에 걸쳐 전 세계에 영향력을 넓혀가는 것에 비해, 동경 그룹은 일본 내에서 영향력을 강화하는 것에 집중하고 있었다.

　그 덕분에 세계인에게는 대한이란 브랜드가 더 널리 알려졌지만, 일본 내에서 만큼은 동경 그룹이 5년 연속 브랜드 평판 1위를 차지할 만큼 큰 신뢰를 얻고 있었다.

　"나나~나나나~"

　동경 그룹의 사옥.

　마케팅 본부장이라는 명패가 자리한 곳에는 한 사내가 자신의 손에 들린 고려시대의 청자를 천으로 닦으며, 연신 콧노래를 흥얼거리는 쏟아내고 있었다.

　동경 그룹의 삼남인 마쓰바시였다.

그 모습을 소파에 앉아 물끄러미 지켜보던 동글동글한 얼굴의 사내가 뜻 모를 미소를 지었다.

그의 이름은 이와츠보. 동경 그룹 마케팅 본부의 비서실 장이자 마쓰바시의 최측근인 사내였다.

"본부장님, 오늘은 기분이 무척 좋으신 것 같습니다."

"아, 츠보! 내가 얘기를 안 해줬던가? 며칠 전 한국인 친구에게 부탁을 받은 게 있는데 그게 잘 해결됐거든. 그래서 그런지 오늘따라 유난히 기분이 좋네. 하하!"

마쓰바시의 설명에 이와츠보가 고개를 갸웃거렸다.

"본부장님께 한국인 친구가 있다는 소리는 오늘 처음 듣는 것 같습니다."

"응? 아, 츠보는 모르겠구나. 얼마 전 내가 중국에 갔다 온 건 알고 있지?"

"네, 중국 유통업에 진출하기 위한 발판을 마련하기 위해 왕대인을 만나고 오셨다고 들었습니다."

"맞아. 그때 왕대인이 식사 자리에서 소개시켜 준 사람이야. 알고 보니 나랑 나이가 같더라고. 그래서 친구 먹기로 했지."

"흐음, 왕대인께서 소개시켜주신 한국인이라. 평범한 사람은 아니겠군요."

왕대인. 동경 그룹의 주요 간부라면, 대부분 알고 있는 이름이다. 그러나 정작 그가 무슨 일을 하는 사람인지 확실히 알고 있는 사람은 없었다.

왕대인이라는 이름 역시 그의 진짜 이름이 아닌 큰 대인이라는 뜻이 담긴 가명이었다.

하지만 한 가지 분명한 것은 중국과 관련이 된 사업인 경우, 왕대인이 승낙하면 100% 통과가 된다는 점이었다.

실타래처럼 끊임없이 물리고 엮인 중국의 거대한 구조를 고려한다면, 이는 엄청난 일이었다.

중국의 경우, 사업을 유지하기 위해서는 기존의 내수 시장을 형성하고 있는 재계는 물론 정치권의 견제도 적지 않았기 때문이다.

"맞아. 그 한국인 친구 아버지가 대한민국에서 아주 대단한 정치인이거든. 그 친구 역시 곧 한국의 국회의원 선거에 출마할 생각이고. 그래서 처음에는 겸사겸사 안면만 익히려고 했는데, 대화를 나누다 보니 통하는 구석이 제법 많아서 친구하기로 했지."

"유명한 정치인을 아버지로 둔 사람이라. 그 한국인 친구 분이 하야모토 상 같은 분이신가 봅니다."

"오! 맞아! 딱 그런 느낌이라고 할까? 하야모토 자식처럼 범생이는 아닌 것 같았지만 말이지. 하하!"

하야모토는 현 일본 총리인 아토의 아들로 어린 시절부터 일찌감치 정치에 뜻을 품은 사내였다.

또한, 마쓰바시와는 대학 선후배 사이로 학창 시절 같이

유도를 했었기 때문에 그 친분이 남다르다고 할 수 있었다.

"그나저나 슬슬 점심시간이네. 츠보, 오늘은 차타이 아저씨네 가게에 가서 초밥 어때? 오후에 별다른 업무 없으면, 간단히 사케라도 한잔……."

마쓰바시의 말이 막 끝나기 전이었다.

삑-

[본부장님. 재무 실장님께서 찾아오셨습니다.]

"어?"

인터폰에서 흘러나오는 목소리에 싱글벙글거리던 마쓰바시의 얼굴이 굳어졌다.

마쓰바시가 재빨리 인터폰에 얼굴을 가져다대며 말했다.

"그…… 지금 중요한 손님이 오셔서 보기 힘들 것 같다고 해. 아니, 그냥 잠깐 자리를 비웠다고 말해. 아무튼 들여보내면 안 돼. 알았지?"

[저기 본부장님 그게 그러니까…….]

수화기 너머로 당황한 목소리가 흘러나올 무렵.

벌컥!

사무실의 문이 열리며 또각거리는 구두 굽의 소리가 방 안에 울려 퍼졌다.

스윽.

"실장님, 오랜만에 뵙습니다."

재빨리 소파에서 일어난 이와츠보가 열린 문을 향해

고개를 숙였다.

문 앞에는 푸른색 계열의 원피스를 입은 여성이 서 있었는데, 일본인이라고는 믿기 힘든 서양적인 몸매와 키를 지니고 있었다. 킬 힐을 신었다고는 하지만 180cm가 넘는 이와츠보와 눈높이가 큰 차이가 없었다.

반면, 외모는 고등학생과 같이 어린 모습을 하고 있어서 베이글녀라는 단어가 마치 이 여성을 위해 생긴 게 아닌가라는 착각을 불러일으킬 정도였다.

"응, 안녕!"

인사를 건넨 이와츠보를 향해 싱긋 웃어준 여성은 이내 시선을 마쓰바시에게로 돌렸다.

시선을 받은 마쓰바시가 어색한 표정으로 입을 열었다.

"내, 내 사랑하는 동생 미나코 왔니? 그렇지 않아도 차타이 아저씨네 가게로 점심을 먹으로 갈 생각이었는데. 너도 같이 가지 않을래? 초밥 좋아하잖아."

"난 초밥 싫어. 그보다 어디 있어?"

"응? 뭐, 뭐가?"

"그거 어디 있냐고."

얼굴은 여전히 웃고 있지만 미나코의 눈에서는 당장이라도 레이저가 쏟아져 나올 것 같았다.

꿀꺽.

입안에 고인 침을 삼킨 마쓰바시가 말했다.

"동생아. 그러니까 그게 말이다."

"소원화개첩."

"……."

"진한테 들으니까 오빠가 가져갔다던데."

진은 중국계 일본인으로 미나코의 수행 비서였다.

또각-또각-.

마쓰바시를 향해 걸어간 미나코가 말했다.

"왜 내 수집품을 멋대로 가져갔는지는 묻지 않겠어. 대신 내 입에서 큰소리 나기 전에 지금 당장 돌려줬으면 좋겠는데. 소원화개첩 말이야."

"미, 미나코, 그냥 나한테 팔았다고 생각하면 안 될까? 돈은 부르는 대로 줄게. 응?"

"내놔."

"그러니까 이번 한 번만……."

"내놓으라고!"

미나코의 입에서 분노 섞인 목소리가 흘러나왔다.

그 소리에 마쓰바시가 움찔거리며 시선을 내리 깔았다.

평소 마쓰바시를 알고 있는 주변인이 본다면 상상조차 할 수 없는 모습이었다.

하지만 정작 이와츠보는 이런 분위기에서도 태연한 표정을 짓고 있었다. 10년 동안 마쓰바시를 보좌하면서 이런 장면을 꽤나 많이 봐왔기 때문이었다.

실제로 마쓰바시뿐만 아니라 그의 두 형들 또한 막내인 미나코를 유독 어려워하는 모습을 보였다.

　이와츠보가 슬그머니 시선을 창밖으로 돌리며 생각했다.

　'만약 아가씨께서 사내로 태어났다면, 동경 그룹의 차기 회장은 분명 미나코 아가씨가 되었겠지.'

　실제로 미나코에 대한 마야토 회장의 총애는 대단했다.

　서른도 되지 않은 나이에 그룹의 재정을 책임지는 재무실장의 자리를 맡긴 것만 해도 그랬다.

　미나코의 세 오빠들만 해도 서른 이전에는 그룹의 계열사를 전전하며, 일을 배우는 게 고작이었다.

　하지만 이런 총애와는 달리 마야토 회장은 그룹 승계에 관해서는 확실히 못을 박았다.

　동양 그룹의 회장은 절대 여자가 될 수 없다고 말이다.

　덕분에 압도적으로 뛰어난 능력을 지녔음에도 불구하고 그룹의 후계자 승계 구도는 미나코의 세 오빠들로 좁혀진 상황이었다.

　그러나 후계 싸움을 하면서도 세 사람을 잘 알고 있었다. 결국, 미나코와 손을 잡는 사람이 차기 회장의 자리를 차지하게 될 것이라는 사실을 말이다.

　"……미안하다. 그게 이미 다른 사람 줘 버렸어."

　"뭐? 지금 그게 무슨 소리야? 몰래 가져간 것도 모자라서 대체 누구를 줬다는 건데?"

"새롭게 생긴 한국인 친구. 그 친구가 준비 중인 일이 있는데, 거기에 필요하다고 해서 선물했어."

"……."

미나코의 입가에 그려져 있던 웃음기가 순식간에 사라졌다.

"츠보!"

"네, 아가씨."

"오빠가 지금 무슨 말을 하는 건지 설명할 수 있겠어?"

이와츠보가 고개를 저으며 대답했다.

"죄송합니다. 저도 이 자리에서 처음 듣는 얘기입니다."

"그래? 최측근도 처음 듣는 얘기라 이거지?"

또각- 또각-.

소파로 걸어온 미나코가 자리에 앉으며 말했다.

"좋아. 일단 화를 내는 건 잠시 뒤로 미루겠어. 내가 이해할 수 있도록 상황을 한 번 설명해봐. 만약 타당하다면 그냥 넘어가겠어. 하지만 아닐 경우에는 오빠가 매일 같이 닦는 그 본부장 명패가 오늘부로 사라질 수 있다는 걸 명심해. 물론 그 뒤에 내가 선물로 줬던 청자도 마찬가지야."

그 뒤로 마쓰바시는 무려 한 시간 동안 상황에 대해 설명을 해야 했다.

그룹의 일로 왕대인을 만난 일. 그리고 왕대인을 통해 한국인을 소개받게 됐고 그 사람의 아버지가 한국의 유명한 정치인이라는 점.

또 소개 받은 한국인의 나이가 자신과 같아 친구를 하기로 했고 조금 있으면 국회의원 선거에 나간다는 사실까지 남김없이 미나코에게 털어 놓았다.

"후우. 이게 전부야. 그리고 네 물건을 허락도 없이 가져간 건 정말 미안해."

모든 애기를 들은 미나코가 여전히 이해가 가지 않는 얼굴로 되물었다.

"그래서 고작 친구가 됐다는 이유로 한국에서 보물급에 속하는 문화재를 줬다는 건 아니겠지? 그런 거라면 정말 오빠한테 정말 실망할지도 몰라."

마쓰바시가 서둘러 소파로 자리를 옮겨 앉으며 말했다.

"다, 당연하지! 내가 따로 조사를 해보니까 이번 한국의 대통령이 후보 시절 걸었던 공약 중에서 해외에 있는 자국의 문화재 환원이 있더라고. 물론 아직까지 회수한 문화재는 하나도 없고 말이야."

설명을 들은 미나코가 눈을 반짝였다.

단순히 포문을 열었을 뿐인데, 타인을 압도하는 총명함을 지닌 그녀는 벌써 감을 잡은 것이다.

"한국도 대통령이 선거에 관여하고 그래?"

"그야 사람마다 다르겠지. 하지만 한 가지 확실한 건 지금 한국의 대통령은 국민들에게 역대급으로 인지도가 높다는 거야. 신드롬이라고 불러도 좋을 정도로 말이지."

"그럼 그 대통령이 오빠의 친구를 지지하는 발언만 해도 국회의원에 당선될 확률이 상당히 높아지겠네? 물론 그 지지를 받는 대가로 그 사람은 오빠가 나 몰래 훔쳐가 수집품을 대통령에게 선물하겠고 말이야."

"후, 훔쳐 가다니!"

"그럼, 빌려간 거야? 나중에 다시 돌려줄 수 있어?"

"……그래도 네가 가진 수집품 중에서 제일 떨어지는 것이잖아. 그거 하나 가지고 계속 이러는 거 좀 너무한 거 아니야?"

"정말 너무한 게 뭔지 보여줘? 지금 당장 그 친구한테 줬다는 그 물건을 다시 받아오라고 해볼까?"

"……"

미나코의 지적에 마쓰바시는 입을 다물었다.

이미 선물로 준 것을 다시 되돌려 달라고 하는 것은 그의 자존심이 용납하지 않았다.

더욱이 지금쯤이면 그 물건은 자신의 친구가 아닌 한국의 대통령 손에 들어가 있을 것이다.

사실상 다시 찾아오는 건 불가능하다고 할 수 있었다.

미나코가 작게 한숨을 내쉬었다. 사실 소원화개첩은 그녀가 가지고 있는 물건들 중에서 가장 떨어지는 것이었다.

오히려 그보다는 눈앞에 있는 마쓰바시가 대체 무슨 생

각으로 이번 일을 벌였는지가 더 궁금했다.

"뭐, 좋아. 그래서 오빠가 그 친구한테 선물을 준 진짜 이유가 뭐야? 친구를 돕기 위해서라고 하기에는 너무 유치한 변명인 거 알고 있지?"

"동경 마트."

"응? 동경 마트가 갑자기 여기서 왜 나와?"

동경 마트는 동경 그룹에서 일본 전역에 운영 중인 대형 체인 마트였다. 현재 일본에 존재하는 동경 마트의 숫자는 무려 200개가 넘었다.

"작년에 동경 마트가 한국에 입점하려다가 실패한 건 알고 있지?"

"물론이지. 하지만 그건 우리 쪽 잘못이 아니었잖아? 갑작스럽게 한국에서 백화점이 무너질지 어떻게 알았겠어. 더군다나 한국에서도 하필 친일본적인 KV 그룹 산하의 백화점이었다는 게 우리한테는 불행이었지. 후, 정말 시간대만 맞으면 그때로 돌아가서 사고를 막고 싶을 지경이라니까. 시간만큼은 내 마음대로 할 수 없는 게 정말 답답한 노릇이야."

"어?"

마쓰바시의 반문에 미나코가 손을 흔들었다.

"그냥 말이 그렇다는 거야. 아무튼 그래서 동경 마트가 어쨌다는 거야?"

"그때 이후로 일본에 대한 한국인들의 감정이 좋지 못해. 원래부터 그런 것도 있지만 지금은 더 심해졌다고 할 수 있지. 그래서 난 새롭게 만든 친구를 통해 그 묵은 감정을 벗겨내고 우리 동경 그룹이 한국으로 진출할 수 있는 길을 만들 생각이야."

"흐음, 오빠가 무슨 생각을 하는지는 잘 알겠는데, 굳이 새로운 한국의 파트너를 만들 필요가 있을까? 이미 아버지 때부터 손을 잡아온 한국의 정치인들이 버젓이 있잖아. 차라리 그들과 손을 잡는 편이……."

"아니!"

마쓰바시는 단호한 목소리로 미나코의 말을 끊었다. 그리고는 진지한 표정으로 말을 이었다.

"이미 늙어버린 너구리들이랑 손을 잡을 생각은 없어. 그들과 손을 잡는다는 건 결국 영원히 아버지의 그늘 속에 파묻히는 것과 마찬가지니까. 미나코, 난 내 나름대로의 길을 열 생각이다. 설령 이 때문에 그룹의 후계 구도에서 영영 밀린다고 해도 후회하지 않을 거야."

"……그 말 정말이야? 이미 큰오빠와 둘째 오빠는 아버지의 이름을 빌려 나름대로 한국의 정치인과 만나고 있다고 하던데. 설령 오빠의 그 한국인 친구가 정치권에 발을 들이게 된다고 해도 병아리가 독수리와 싸우는 꼴이 될걸?"

마쓰바시가 고개를 저었다.

"능력 있는 친구다. 그리고 한배를 타기로 한 이상 서로가 서로에게 부족함이 되어서는 안 된다는 사실쯤은 나도 그 친구도 알고 있고 말이야."

미나코는 자신의 오빠를 보면서 이 사람이 참 멋지다는 생각이 들었다.

그녀는 알고 있었다. 재벌가의 자식으로 태어나는 순간 필연적으로 겪게 되는 숙명.

그건 스스로 도전하기보다는 이미 완성된 주변의 것을 철저하게 이용해서 살아가야만 되는 삶이었다.

실패를 하는 즉시 후계 구도에서 철저히 밀리게 되니, 다른 선택의 여지가 있을 리 만무했다.

이 때문에 대부분의 재벌 후계자들은 그룹의 회장이 되고 나면, 오랜 시간 마음속에 감추어 두었던 도전을 시작한다.

하지만 실패 한 번 겪지 못했던 상상속의 도전이 잘 될 리 만무했다. 대부분은 큰 실패를 겪게 되고 어린 시절 꿈을 꿨던 재벌가의 회장은 그 단 한 번의 실패에 겁을 먹고 몸을 사리게 되는 경우가 대다수였다.

씨익-

결의 어린 표정을 짓고 있는 마쓰바시를 바라보던 미나코가 활짝 미소를 지은 표정으로 입을 열었다.

"호호! 우리 오빠가 언제 이렇게 멋져진 거야? 옛날에는 천둥만 쳐도 엄마를 찾기 바빴는데."

"그, 그건……."

"좋아! 소원화개첩 건은 없던 걸로 하자. 단! 조건이 하나 있어."

"조건?"

"그 오빠 친구란 사람 말이야. 나도 한 번 만나고 싶어."

이번에는 마쓰바시가 놀란 표정을 지었다.

지금까지 동생이 누군가를 먼저 만나고 싶다고 말한 것은 그가 알기로 이번이 처음이었다. 심지어 아버지인 마야토가 강요를 해도 끝내 거절했던 사람이 바로 미나코였다.

"어째서?"

"그야 그 사람의 됨됨이를 보고 내가 본격적으로 셋째 오빠를 지원할 생각이니까."

"……!"

마쓰바시는 자신의 귀를 의심했다.

미나코는 이미 과거에 그룹 후계 싸움에는 절대 개입하지 않겠다고 선언을 했다. 그런데 지금 그 말을 번복하고 있는 것이다. 물론 그 번복은 자신에게는 둘도 없는 호재였다.

마쓰바시가 얼굴 가득 지어지려는 웃음을 애써 참았다.

그 모습을 보며 미나코가 말을 이어갔다.

"최근에 어떤 사람을 만나고 생각이 좀 바뀌었거든. 능력 있는 지도자 한 명이 얼마나 멋진 세상을 만들 수 있는지. 그리고 꿈을 위해 달려가는 모습이 얼마나 멋진지도."

"미나코 너……."

"물론, 어디까지나 오빠의 그 한국인 친구란 사람이 내 기준에 부합됐을 경우야. 만약 정말 괜찮은 사람이라는 생각이 들면 소원화개첩과는 비교도 안 되는 물건들을 지원할게."

"그, 그 말 정말이지?"

마쓰바시는 알고 있다. 자신의 동생인 미나코가 보유한 물건들은 동양뿐만 아니라 서양에서도 보물로 취급되는 것들뿐이었다.

특히 그중에서 유독 높은 비중을 차지하는 것이 과거 한국의 문화재들이었다. 만약 미나코의 개인 창고에 있는 문화재들의 일부만 공개되어도 한국에서 문화재를 연구하는 사람들은 큰 혼란에 빠질 것이다.

"물론이지. 날 잡아서 같이 한 번 보게 약속 잡아줘. 그럼, 대충 할 얘기는 끝났으니 난 이만 가보도록 할게."

할 말을 끝낸 미나코가 자리에서 일어났다.

그러자 뒤이어 자리에서 일어난 마쓰바시가 앞으로 나서며 말했다.

"벌써 가게? 그러지 말고 같이 점심이나 먹자."

"오빠."

"어?"

"아까도 말했지만, 나 초밥 안 좋아해. 정확히 말하면, 어머니가 돌아가신 그 이후로 말이야."

"……."

마쓰바시가 아무런 말을 하지 못하자 미나코가 피식 웃음을 흘렸다. 그리고는 시선을 이와츠보에게로 돌렸다.

"츠보, 나 간다. 우리 오빠 좀 잘 부탁해."

"물론입니다. 아가씨."

이와츠보가 정중한 자세로 허리를 숙이자 어깨를 으쓱거린 미나코가 문을 열고 나섰다.

마쓰바시의 사무실 밖. 문을 닫고 나온 미나코는 곧장 호주머니에서 이어폰을 꺼내 귀에 꽂았다.

"진. 얘기는 전부 들었지?"

[네, 아가씨. 하나도 빠지지 않고 들었습니다.]

"그래, 그럼 오빠가 말한 그 한국인 친구가 누구인지 한번 알아봐줘. 유명 정치인의 자식으로 이번에 처음 선거에 나선다고 하니까 찾는 건 어렵지 않을 거야."

[알겠습니다. 그리고 아가씨 한 가지 드릴 말씀이 있습니다. 일전에 말씀하셨던 그 물건에 대한 행방을 엑스가 찾아낸 것 같습니다.]

멈칫.

엘리베이터로 향하던 미나코의 발걸음이 멈췄다.

동시에 귀에 끼고 있던 이어폰을 거칠게 빼낸 미나코가 호주머니에서 휴대폰을 꺼내 귀에 붙였다.

"엑스가 그 물건을 찾았다고?"

[정확히는 최근 행방입니다. 그리고 엑스의 말에 의하면, 자신을 제외하고도 그 물건을 찾는 흔적이 있었다고 합니다.]

"대체 누가?"

[위치를 추적하려는 순간 상대방의 흔적이 모조리 사라졌다고 합니다. 아무래도 상대 역시 엑스와 마찬가지로 인공지능이 탑재된 슈퍼컴퓨터인 것 같습니다.]

미나코의 눈썹이 가늘어졌다.

엑스의 성능은 그녀가 잘 알고 있다. 미국 굴지의 IT 기업의 보안망도 단숨에 뚫을 수 있는 게 엑스의 능력이었다.

그런 엑스의 추격을 피해 흔적을 지울 정도의 인공지능 컴퓨터가 있을 거라고는 단 한 번도 생각하지 못했다.

"그래서 아무것도 알아내지 못한 거야?"

[아닙니다. 흔적이 사라지기 직전 상대가 움직이기 시작한 곳이 한국이라는 것만은 알아냈습니다. 정확히는 한국의 수도 서울입니다.]

한국이라는 단어가 흘러나오자 미나코의 미간이 좁혀졌다.

"한국이라……."

우연일까? 아니면 이 또한 정해진 운명인 것일까?

머릿속에 누군가의 모습이 떠올랐다.

미나코가 입꼬리가 씩 말아 올리며 말했다.

"좋아. 일단은 엑스에게 계속 그 물건에 대한 추적을 해보라고 일러. 그리고 추가적으로 그 물건을 찾는 한국의 슈퍼컴퓨터에 대해서도 알아보도록 해. 엑스와 필적한 성능을 보유한 슈퍼컴퓨터를 보유한 곳이라면, 절대 평범한 곳일 리 없으니까."

[알겠습니다.]

"그래, 그럼 부탁할게."

통화를 끝낸 미나코가 주변을 두리번거리더니 이내 손에 들고 있던 휴대폰을 핸드백에 집어넣었다.

그리고는 마치 처음부터 아무런 일도 없던 것처럼 문이 열린 엘리베이터로 걸음을 옮겼다.

TIME
ROULETTE
타임룰렛

Chapter 81. 해상 구조 작업 (2)

"저기 송선미랑 이혜인 아니야?"

4번 게이트의 앞. 신소연의 옆에는 두 명의 여학생이 있었다.

놀러가는 대학생이라고는 보기 힘든 짧은 단발에 엷은 화장. 보이시하면서도 걸 크러쉬(Girl Crush)한 느낌을 주는 여학생은 송선미.

그리고 툭 건들면 부서질 것처럼 가녀린 외모. 바람에 나부끼는 흑단과 같은 긴 생머리. 하얀 피부에 풋사과와 같은 풋풋하고 청순한 느낌을 주는 이혜인이었다.

전혀 다른 매력을 지닌 두 사람이 함께 있는 모습은 길가를 지나가는 사람들을 뒤돌아보게 만들기에 충분했다.

"헐, 이거 대박이네. 저 두 사람이 왜 여기 있냐?"

보조석에 앉아 있던 강대호 역시 전혀 예상하지 못한 두 사람의 등장에 당황한 표정을 지었다.

그 심정은 나 역시 별반 다르지 않았다.

'여걸 송선미와 공주 이혜인, 그리고 똑순이 신소연이라. 전혀 생각하지도 못했던 조합이네.'

서열을 나누기 좋아하는 대한민국에서 한국대학교는 명실상부 TOP 10에 들어가는 명문이었다.

지금이야 대학교의 간판만으로 취직이 되는 세상이 아니지만, 과거에는 한국대학교 졸업생이면 국내 100대 기업쯤은 프리패스(Free Pass)로 합격할 수 있었다.

덕분에 한국대학교 졸업생 중에는 기업인, 정치인, 법조인, 의료인, 공무원 등등 사회 다방면에 걸쳐 일가를 이룬 사람들이 많았다.

'한국대학교 총동창회가 이 나라를 이끄는 사람들의 모임이라는 기사가 나왔을 정도니까 말이야.'

상당수의 졸업생들이 지금까지도 현업에서 다양한 영향력을 행세하고 있었으며, 그들의 2세와 3세 역시 상당수가 한국대학교에 재학 중이었다.

송선미와 이혜인이 바로 위와 같은 경우였다. 송선미의 아버지는 한국대학교 체육학과 출신으로 과거 아테네 올림픽 금메달리스트이자 살아 있는 태권도의 전설 송태산이었다.

송태산은 현재 한국체육협회 회장을 맡고 있었다.

반면 이혜인의 아버지는 요식업계의 큰손으로 알려진 이종원이며, 어머니는 90년대 최고의 스타라고 알려진 배우 한예원이었다.

두 사람의 부모 모두 대한민국 0.1%의 상류층은 아니었지만, 어디를 가도 빠지지 않는 집안을 배경으로 가진 것은 부인할 수 없는 사실이었다.

"으음, 내가 알기로는 그때 봉사활동을 하면서 서로 친해졌을걸?"

나와 강대호의 의문을 풀어준 것은 현 사태의 원인이라 할 수 있는 문철주였다.

"그게 무슨 소리야? 봉사 활동?"

"KV 백화점 말이야. 나랑 대호는 봉사활동 중간에 일이 있어서 빠졌지만, 소연이는 끝까지 남아 있었거든. 그리고 저기 있는 송선미랑 이혜인도 뒤늦게 봉사활동에 참여했었대."

"그런 일이 있었구나."

상황이 상황이었던 만큼 KV 백화점이 붕괴했을 당시 상당한 숫자의 대학생들이 봉사 활동을 위해 사고 현장에 방문했었다.

하지만 끝까지 현장에 남아 봉사 활동을 끝낸 학생들은 극히 일부분이었다.

이제껏 평온한 삶을 살아온 대학생들이 매일 같이 시체가 쏟아져 나오고 울부짖음이 가득한 현장을 견디기에는 무리가 있었다.

하지만 그런 와중에도 스스로를 다독이며, 끝까지 현장에 남아 봉사 활동을 한 학생들도 존재했다.

그리고 그들의 미담은 아직까지도 인터넷과 같은 매체를 통해 사라지지 않고 전해지고 있었다.

"아무튼 내가 학교 다니면서 저 두 명이랑 같이 어울리게 될 날이 올 줄은 몰랐네. 우리 이거 괜히 머슴 노릇만 하게 되는 거 아니야?"

피식.

걱정스러운 강대호의 중얼거림에 웃음을 흘렸다.

과거였다면 모르겠지만, 지금에서는 절대 그런 일 따위는 만들지 않는다.

"걱정 마라. 그런 일은 없을 테니까."

"오! 한정훈, 무슨 자신감이야? 뭐, 어찌됐든 이왕 이렇게 된 거 최대한 재미있게 놀 수 있는 방향을 찾아보는 수밖에. 일단 저기 앞에 차 세우고 합류하자."

제주도에 도착 이후 강대호는 가장 진지한 표정을 지어 보였다.

끼익-

4번 게이트 앞에 미끄러지듯 차를 주차 시키고 보조석의 창문을 열었다.

그러자 재잘재잘 수다를 떨고 있던 그녀들이 깜짝 놀란 표정을 지었다.

드르륵—

"여!"

가볍게 손을 흔든 강대호가 문을 열고 차량에서 내렸다.

신소연이 그런 강대호의 모습에 옆에 있는 송선미와 이혜인을 바라보며 말했다.

"우리 모두 초면은 아니지? 이쪽은 우리랑 동기인 강대호. 저기 있는 친구는 문철주. 그리고……."

신소연의 시선이 내게로 향했다. 내가 바라본 그녀의 얼굴에는 복잡 미묘한 감정이 서려 있었다.

잠시 침묵이 감도는 사이, 신소연의 옆에 서 있던 이혜인이 방긋 웃으며 말했다.

"알아. 16학번 한정훈."

신소연은 물론 강대호와 문철주가 살짝 놀란 눈빛으로 나를 쳐다봤다.

나 역시 살짝 당황한 얼굴로 이혜인을 쳐다봤다.

비록 동기이기는 했지만, 나와 이혜인 사이에는 그 어떤 접점도 없기 때문이었다.

주변의 시선을 의식한 이혜인이 어깨를 으쓱거렸다.

"그렇게 놀란 표정 짓지 않아도 돼. 삼촌한테 몇 번 얘기를 들은 적이 있거든."

"삼촌?"

"박지헌 쉐프. 알고 있지?"

설마 인연이 이렇게 이어지리라고는 생각하지 못했다.

확실히 박지헌 쉐프라면, 내가 한국대학교 법학과에 다닌다는 사실을 알고 있었다.

"우리 아버지랑 박지헌 쉐프랑 사이가 꽤 좋거든. 같은 요리 업계 종사자잖아. 그래서 종종 정훈이 네 얘기 하는 걸 들었어."

강대호와 문철주가 놀란 눈빛으로 나를 본다.

"설마 그 쉐프의 레스토랑에 나오는 박지헌 쉐프?"

"냉장고를 부탁해의 그 박지헌? 말도 안 돼! 나 그 사람 완전 팬인데! 대체 어떻게 알게 된 거야?"

아무래도 사람과 사람의 인연은 생각보다 단순한 것 같지가 않다.

큰 생각 없이 맺은 인연이 이런 식으로 또 하나의 인연을 만들 것이라고는 생각하지 못했다.

"그랬구나. 뭐, 박지헌 쉐프가 욕을 하거나 그러지는 않았겠지?"

이혜인이 고개를 저으며 웃었다.

"아니, 전혀. 그것보다 꽤 재미있는 얘기를 많이 해주던데. 내가 학교에서 봤던 네 모습과는 전혀 다른 얘기들 말이야. 서로 같은 사람 얘기를 하는 건지 신기할 정도였어."

순간 이혜인의 말을 듣고 떠오르는 기억은 촬영 장소에 끌고 갔던 외제차와 셰익스피어의 친필이 기록된 책 등이었다.

'설마 그걸 다 말한 건 아니겠지?'

약간의 찜찜함이 생길 무렵이었다.

"트렁크."

"어?"

"짐 싣게 트렁크 열어줘."

묵묵히 서서 상황을 지켜보던 송선미가 자신과 이혜인의 캐리어를 끌고 트렁크로 걸어가며 말했다.

그 모습에 강대호 손뼉을 치며 말했다.

짝–

"그래 여기서 아까운 시간 낭비하지 말고 대화는 이동하면서 하자. 일단 자리를 정해야 하는데. 그래도 이왕 같이 놀기로 했으니까 섞어서 앉는 게 좋겠지? 어떻게 앉을래?"

"……그냥 따로 앉으면 안 돼?

신소연이 머뭇거리며 말하자 강대호가 한 치의 망설임도 없이 고개를 저었다.

"그럴 거면 굳이 같은 차를 타고 함께 다닐 필요가 없잖아?

서로서로 섞어 앉아야 금방 친해지지. 동기라고 해도 솔직히 우리가 이렇게 다 같이 대화를 나누는 것도 처음이고 말이야. 일단 운전은 정훈이 밖에 못하니까 운전석은 논외로 치고. 보조석은 누가 탈래?"

신소연의 눈빛이 자연스럽게 내게로 향했다.

난 그 눈빛을 피하지 않고 묵묵히 바라봤다.

서로 사이가 어색하기는 했지만, 그건 단순히 말할 수 없는 오해 때문에 벌어진 일. 내 입장에서는 신소연을 피할 이유가 없었다.

잠시 망설이던 신소연이 입을 열려던 찰나였다.

상황을 물끄러미 지켜보던 이혜인이 손을 번쩍 들었다.

"내가 탈게."

"혜인아?"

트렁크에 짐을 실은 송선미가 당황한 표정으로 그녀를 쳐다봤다.

하지만 정작 이혜인은 아무렇지도 않은 얼굴로 말했다.

"내가 멀미가 좀 심하잖아. 그래도 뒷자리보다는 앞자리가 멀미가 덜하니깐. 그리고 어차피 우리 모두 친구인데 아무 곳이나 앉으면 어때? 그렇지, 소연아?"

"어? 어. 그, 그렇지."

이혜인의 물음에 신소연이 고개를 끄덕였다.

그 모습에 활짝 미소를 지은 이혜인은 누가 뭐라 할 것도 없이 자연스레 보조석에 올라탔다.

"정훈아, 운전 잘 부탁해."

마치 오래된 친구처럼 친근하게 말을 건네는 이혜인의 모습에 나도 모르게 고개가 끄덕여졌다.

"뭐, 그럼 남은 사람끼리는 적당히 뒤에 타서 자리를 채워볼까? 자, 계속 시간이 흐르고 있으니까 빨리 출발하자. 렛츠 고!"

강대호의 재촉 아닌 재촉에 신소연은 문철주의 옆자리에 앉았으며, 송선미는 강대호의 옆에 앉았다.

인원이 모두 탑승하고 차량을 출발시키자 머지않아 제주 공항은 뒤쪽에서 하나의 작은 점이 되어 사라졌다.

하지만 정작 기대했던 것과 다르게 차량안의 분위기는 흡사 깊은 숲속의 절간이라도 온 듯 조용하다 못해 삭막할 정도였다.

오죽하면, 에어컨을 빵빵하게 틀었음에도 불구하고 지금까지 분위기를 만들어 온 강대호조차 난감한 기색으로 이마에 송골송골 맺은 땀방울을 닦고 있었다.

'이거 음악이라도 틀어야 하나?'

나라고 해서 지금의 어색한 분위기가 좋을 리 없었다.

백미러로 뒤쪽의 상황을 살피다가 스리슬쩍 손을 뻗어 오디오 버튼을 눌렀다.

[짜라짜라 짜짜짜— 짜라짜라 짜짜짜— 무조건 무조건이
야! 짜짜라 짜라 짜라 짜짜짜!]

꿀꺽.

"……."

하지만 정작 튀어나온 노래는 내 예상과는 사뭇 다른 노
래였다.

당황스러움에 침을 삼켰는데, 워낙 적막한 분위기다 보
니 그 소리조차 흡사 천둥소리처럼 차안에 울려 퍼졌다.

"풋."

정면을 바라보고 있던 이혜인이 고개를 살짝 돌리더니
웃음을 토해냈다.

"푸읍."

"크큭."

그걸 시작으로 뒤쪽에서 애써 웃음을 참는 소리들이 흘
러 나왔다.

하지만 모두의 취향이 한결 같은 것은 아니었다.

지금까지 가만히 있던 송선미가 무심한 듯 한마디를 툭
던졌다.

"노래 좋은데 왜 끄는 거야?"

꼭 어리다고 힙합이나 가요를 좋아한다는 건 아닌 것 같
다.

"그나저나 우리 어디로 가는 거야?"

삭막했던 분위기가 풀렸기 때문일까? 조금은 가벼워진 목소리로 이혜인이 물었다.

그러자 기다렸다는 듯 일말의 망설임도 없이 강대호가 외쳤다.

"당연히 바다지!"

"바다?"

"제주도까지 왔는데 에메랄드 빛 바다는 보고 가야 하지 않겠어? 참, 너희들 수영복은 가져…… 컥!"

말을 잇던 강대호가 급히 신음성을 삼켰다. 그의 명치에 는 어느새 송선미의 주먹이 닿아 있었다.

"적당히 해라."

나지막한 한마디에 강대호는 자신도 모르게 연신 고개를 끄덕였다.

"바다도 좋기는 한데. 아직 물에 들어가기는 추울 것 같 은데."

이혜인의 중얼거림에 협재 해수욕장의 이정표를 따라 핸 들을 꺾으며 대답했다.

"그냥 발만 담구는 거지. 발 좀 담그고 점심시간도 됐으 니까 근처에서 밥이나 먹으면 될 것 같은데?"

"음, 그러면 차라리 배를 타고 나가는 건 어때?"

"배?"

갑작스러운 이혜인의 제안에 모두의 시선이 그녀에게로 향했다.

"개인적으로 아는 지인이 제주도에서 크루즈 사업을 크게 하시거든. 아마 부탁하면, 배 한 척 정도는 빼주실 수 있을걸? 이렇게 편하게 이동할 수 있게 배려해 준 너희들의 호의에 대한 나름의 답례라고 생각해."

확실히 어느 정도 사는 집안의 딸이라서 그런지 제시하는 스케일 자체가 달랐다. 문철주가 눈을 반짝이며 물었다.

"와…… 그럼 우리 연예인처럼 선상파티 하는 건가?"

이혜인이 싱긋 웃으며 말했다.

"음, 그 정도는 아니더라도. 우리끼리 먹고 놀기에는 적당할 거야. 낚시 같은 것도 할 수 있을 거고. 어때?"

"당연히 콜이지! 나 한 번쯤은 꼭 그렇게 놀고 싶었는데. 너희들도 당연히 콜이지?"

문철주가 신이 나서 소리쳤다.

여자애들은 별다른 말없이 고개를 끄덕였다.

사실 처음 봤을 때부터 여자애들의 중심은 이혜인이라는 느낌을 받았었다.

'송선미는 마치 이혜인의 보디가드 같은 느낌이었지. 그나저나 정말 봉사활동을 하면서 서로 친해진 게 맞나?'

그렇게 느끼기에는 어딘지 모르게 신소연이 두 사람과 어울리는데 있어 어색함이 느껴졌다.

하지만 그 어색함이 어디서 시작되는 것인지는 알 수 없었다.

"뭐, 거절할 이유야 없지. 나도 콜이다. 정훈이 너는 어때?"

"나도 별로 상관없어. 그럼, 배에서 먹을 건 우리가 사도록 할게."

"그럴 필요 없어. 이미 다 준비……."

"준비? 무슨 준비?"

내가 반문하자 이혜인이 시선을 슬쩍 핸드폰으로 돌리며 말했다.

"아니, 보통은 간단한 먹을거리는 배에 항시 구비된 상태거든. 어쨌든 영업용으로 사용되는 배니까. 그러니까 내 말은 굳이 사갈 필요는 없다는 거야."

그럴듯한 핑계였지만, 그렇다고 해서 온전히 납득이 되는 것은 아니었다.

4월의 제주도는 성수기가 아닌 비수기였다. 비수기에 영업을 위해 배에 식료품을 준비해뒀다는 것이 쉽게 이해될 리가 없었다.

'생각해보니 이상한 게 한두 가지가 아니네.'

송선미와 이혜인은 법학과 내에서도 나름 손꼽히는 금수저들이었다.

지금만 봐도 지인을 통해 일반 배도 아닌 크루즈를 빌리겠다고 말했다.

그런 그녀들이 고작 차량 한 대를 구하지 못해서 공항에 발이 묶여 있었다.

만약 움직이고자 했다면, 진즉 리무진 벤 혹은 택시라도 전세 냈을 것이다.

그런데 어째서 아무것도 하지 않고 공항에서 기다리고 있던 것일까?

'······그나마 짐작해볼 것은 박지헌 쉐프인데.'

나와 이혜인의 연결고리가 될 만한 사람은 박지헌 쉐프 뿐이었다.

'찜찜하게 있는 것보다야 직접 물어보는 편이 좋겠지.'

곁눈질로 옆에 앉아 있는 이혜인을 보니, 그녀는 조금 전에 말한 지인과 한창 통화 중이었다.

"네, 삼촌. 저 혜인이에요. 혹시 협재 해수욕장 근처에서 오늘 크루즈 한 대 빌릴 수 있을까요? 네? 아니요. 학교에서 친구들끼리 M.T 왔거든요. 에이, 그럼요. 저도 다 컸는데."

스윽―

차량 거치대에 올려놓은 휴대폰을 한 손으로 집어 들고 재빨리 메시지를 써내려갔다.

[물어보고 싶은 게 있는데요. 혹시 이혜인이라고 알아요?]

박지헌의 답변을 기다리는 사이 어느덧 차량은 협재 해수욕장의 주차장에 도착했다.

덜컹-

"우아! 바다 봐라! 끝내주네. 이 바다에 비하면 대천의 바다는 똥물이라고 해도 할 말이 없다."

차량에서 제일 먼저 내린 강대호가 협재 해수욕장의 에메랄드빛을 보더니 감격 어린 표정으로 환호성을 내질렀다.

그 모습에 다들 어이없는 표정을 지었지만, 이내 강대호와 마찬가지로 협재 바다의 푸른빛을 보고는 하나 둘 입가에 미소를 지었다.

"아저씨가 배 준비해 둔다고 했으니까. 저기 선착장으로 가자."

바다를 바라보며 연신 사진을 찍고 있는 애들을 향해 이혜인이 말했다.

그렇게 그녀를 따라간 선착장에는 영문으로 써니라는 로고가 박힌 하얀색의 크루즈 한 척이 정박해 있었다.

"와! 설마 이게 오늘 우리가 탈 배야?"

"끝내주네. 이거 현실이냐? 꿈 아니지?"

크루즈를 바라보며 강대호와 문철주가 연신 탄성을 터트렸다.

반면, 송선미는 처음과 마찬가지로 별다른 감정이 없는 얼굴이었고 신소연은 어딘지 모르게 불편해 보이는 표정이었다.

보지 않았으면 모를까 얼굴을 본 이상 그냥 넘어가자니 신경이 쓰일 수밖에 없었다.

"……너 어디 아프냐?"

"아무것도 아니야."

"그렇게 말하는 것 치고는 표정은 전혀 아닌데?"

"……진짜 아무것도 아니야."

"뭐, 알았다. 그래도 무슨 일이 있는 거면 그냥 말해. 도와줄 수 있는 일이면, 도울 테니까."

굳이 아니라고 하는데 억지로 캐묻기에도 난감했다. 하지만 예전처럼 단답형으로 대화를 끝내고 싶지는 않았기 때문에 앞으로의 대화를 위한 여지는 남겨 두었다.

스윽.

"둘이 무슨 얘기해?"

"아무것도. 그보다 이 분은 누구야?"

불쑥 나타난 이혜인의 옆에는 제복 차림의 할아버지가 서 계셨다.

나이는 60대 정도 됐을까? 머리는 하얗게 새었지만 한눈에 보기에도 단단하고 각이 잡힌 몸매는 오랫동안 배를 타온 뱃사람이라는 느낌을 물씬 풍겼다.

"이쪽은 오늘 우리가 탈 크루즈 써니의 선주이신 박연 선장님이야."

"아, 안녕하세요."

재빨리 고개를 숙여 인사를 건네자 박연 선장이 사람 좋은 미소로 고개를 끄덕였다.

"아가씨에게 얘기 들었습니다. 같은 학교 친구들이라고요? 허허. 오늘 제가 아주 귀한 분들을 모시게 됐군요. 아무래도 이거 돌고래 정도는 보여드려야 체면치레를 할 수 있을 것 같은데 걱정입니다."

크루즈 옆에서 온갖 폼을 잡으며 사진을 찍고 있던 강대호와 문철주가 재빨리 다가왔다.

"돌고래요? 진짜 볼 수 있나요?"

"네, 이맘때쯤 바다로 나가면 운이 좋을 경우 돌고래 무리를 볼 수 있습니다."

"오오오!"

환호성을 지르는 아이들을 보며 이혜인이 미소를 흘렸다.

띠링.

그리고 때마침 박지헌에게 보냈던 답장이 도착했다.

[이혜인? 알기야 알지. 이종원 대표 막내딸이잖아. 그런데 걔는 갑자기 왜?]

[저 지금 걔랑 같이 있거든요. 그런데 걔가 자기 아버지랑 쉐프님이 제 얘기하는 걸 들었다고 해서요.]

183

[아! 미안. 한국대학교 얘기가 나와서 잠깐 네 얘기를 했던 것 같아. 그런데 이혜인 걔한테 직접 얘기를 한 적은 없는데, 이 대표님도 입이 참 가볍네. 혹시 걔가 너 곤란하게 하고 그런 거면 내가 먼저 사과하마. 걔가 겉보기에는 안 그런데, 조금 음흉한 구석이 있거든.]

[음흉이요?]

[음, 뭐랄까? 다르게 말하면, 욕심이 조금 많다고 해야할까? 어릴 때부터 이종원 대표가 오냐오냐 하면서 키운 탓에 지금까지 원하는 건 모두 가졌었거든. 그 때문에 누군가한테 아쉬운 소리를 한 적도 없고 말이야.]

크게 이상한 얘기는 아니었다. 어느 정도 있는 집안의 자식이라면, 늘 있는 얘기였기 때문이다.

하지만 이어진 박지헌의 문자는 생각을 조금 다르게 만들었다.

[근데 사람이 살다보면, 돈이 있다고 해서 가질 수 없는 것도 있고 그렇잖아? 예를 들면 사람의 마음 같은 것 말이지. 그런데 걔는 그런 것조차 자기 뜻대로 해야지 직성이 풀려서…… 아무튼 나도 처음에는 참 괜찮은 애라고 생각했는데, 나중에 가니 조금 피곤하더라.]

박지헌이 보내온 문자를 천천히 확인하고 있을 때였다. 액정 앞으로 긴 머리카락의 여성이 불쑥 고개를 들이 밀었다.

"정훈아, 뭐해?"

여성의 정체는 이혜인이었다. 당황스러운 얼굴로 이혜인을 쳐다보자 그녀가 손가락으로 크루즈를 가리켰다.

"출항 준비 끝났대. 우리도 얼른 배에 타자."

"어, 알았어."

이혜인을 따라 탑승한 크루즈의 내부는 상상보다 넓었다. 화장실은 물론 작은 부엌과 침실이 있었고 갑판에는 열 명 정도는 모여서 식사를 할 수 있는 테이블이 마련되어 있었다.

"허허. 안전을 위해서라도 구명조끼는 꼭 착용하시기 바랍니다."

박연 선장이 건네준 구명조끼를 착용하고 갑판에 앉아 있자 크루즈는 오래지 않아 물살을 가르며 넓은 바다로 나아기기 시작했다.

"자, 바다 구경도 좋지만 금강산도 식후경이라고 했는데. 다들 간단하게 한잔 하는 게 어때?"

어느새 송선미와 함께 맥주와 와인을 비롯해서 견과류 등의 안주거리를 가지고 나온 이혜인이 갑판 위의 테이블에 이것저것 먹음직한 음식들을 세팅하기 시작했다.

"와, 내가 살아생전에 크루즈 갑판 위에서 이런 맥주 파티를 하게 될 줄이야. 혜인아, 완전 땡큐다!"

"이거 내가 완전 좋아하는 맥주인데. 잘 먹을게!"

문철주 역시 서둘러 자신 몫의 맥주를 챙기더니, 이혜인에게 감사의 인사를 전했다.

"술은 아래 냉장고에 넉넉히 있으니까 부족하면 언제든지 말해. 정훈아 넌 뭐 먹을래? 맥주? 아니면 와인?"

맥주와 와인을 연달아 개봉한 이혜인이 두 가지를 들어 올리며 권했다.

"나는 이거면 괜찮아."

하지만 내가 잡은 것은 가지런히 정렬되어 있는 맥주 옆에 놓인 오렌지 주스였다.

술을 싫어해서는 아니었다. 오히려 맥주 같은 경우에는 혼자서도 즐길 만큼 꽤나 좋아했다.

다만 세 번째 정착자였던 마이클 도먼의 기억에 따르면, 배에서 먹는 술은 독약보다도 위험하다고 했다.

'바다는 여자의 마음과 같아서 종잡을 수 없다고 했지. 지금은 잔잔하고 평화롭게 보이지만, 혹시 모르는 거니까.'

다수의 여행은 날 항상 준비하는 자로 만들었다. 특히 지난 여행에서 이산이 됐을 경우 뼈저리게 느꼈다.

준비하지 않은 자에게 닥쳐온 고난은 그 어떤 재앙보다 무시무시하다는 사실을 말이다.

'술이야 숙소로 돌아가서 먹어도 충분하니까.'

그렇게 나를 제외한 모두가 갑판에 앉아 한 병 두 병 술을 비워갈 때쯤이었다.

뚝-뚝-

"음냐, 안경에 뭐가 묻었냐? 어? 하늘색이 왜 이래?"

아몬드를 씹어 삼키던 강대호가 하늘을 향해 고개를 올리고는 이상하다는 듯 고개를 갸웃거렸다.

그 모습에 옆에 있던 아이들이 하나둘 하늘을 쳐다보더니, 놀란 표정으로 하늘을 두리번거렸다.

"먹구름이 잔뜩 꼈는데?"

"빗방울도 한 방울씩 떨어지네. 파도도 좀 높아진 것 같고."

잔에 남은 와인을 입에 탈탈 털어 넣은 이혜인이 붉게 달아오른 얼굴로 말했다.

"후아! 그럼, 안에 들어가서 먹을까?"

"그러지 말고 이만 돌아가자. 벌써 4시인데. 하루 종일 바다 위에 있는 건 조금 그렇잖아?"

"4시? 벌써 시간이 그렇게 됐어? 헉! 진짜네."

뒤늦게 시간을 확인한 아이들이 놀란 표정을 지었다. 이혜인 역시 시간을 확인하고는 애매하다는 것을 알았는지, 별다른 말없이 의자에서 몸을 일으켰다.

"우웅. 알았어. 그럼 내가 들어가서 선장님한테 말하고

올게. 그나저나 날씨가 이렇게 됐으면, 말 좀 해주시지. 뭐
하고 계신거야?"

　퉁명스러운 중얼거림과 함께 이혜인이 배 안으로 들어가
고 얼마의 시간이 흘렀을까?

　빈 술병과 먹은 안주들을 치우며 뒷정리를 할 때였다.

　"까아아!"

　마치 무언가에 크게 놀란 듯, 선실 안에서 찢어질 것 같
은 이혜인의 비명 소리가 흘러 나왔다.

　올해로 일흔을 맞이한 써니(sunny)호의 선장 박연은 지
금은 돌아가신 아버지를 따라서 16살부터 배를 타기 시작
했다.

　물론 처음부터 배를 좋아했던 것은 아니다. 박연은 온 몸
이 짠 내와 비린내로 가득한 뱃사람을 무척 싫어했었다.

　바다 냄새가 몸에 배여 학교를 가면 매일 같이 친구들에
게 놀림을 받았기 때문이다.

　그럼에도 배를 탔던 것은 그 당시 뱃사람인 아버지의 협
박과도 같은 권유 때문이었다.

　하지만 싫은 일도 즐기기 시작하면, 재미가 느껴진다고
했던가?

박연 역시 어느 순간부터 바다와 배가 좋아지기 시작했고, 그 뒤로 끊임없이 배를 타기 시작한 세월이 벌써 50년이나 흘렀다.

물론 자식들과 손주들은 고령의 나이인 박연이 배를 타는 것을 탐탁하게 여기지 않았다.

바다라는 것이 겉보기에는 평온해 보여도, 한 걸음만 나가면 성난 맹수처럼 돌변하는 존재이기 때문이다.

또한 이와 같은 기상 이변은 기상청이라고 해서 매번 맞출 수 없을 만큼 다채롭고 복잡함을 지니고 있었다.

그 덕분에 가족들은 매일 같이 박연에게 걱정 섞인 성화를 부렸다.

결국, 견디지 못한 박연은 가지고 있던 배를 처분하고 한동안은 바다와는 먼 생활을 보냈었다.

하지만 그런 생활도 고작 1년뿐이었다. 매일 같이 바다를 그리워하던 그는 결국 가지고 있던 노후자금을 전부 털어서 소형 크루즈인 써니(sunny)호를 구입했다.

이쯤 되니 가족들도 배와 바다를 향한 박연의 마음에 두 손 두 발을 모두 들을 수밖에 없었다.

대신 자식들과 손주들은 한마음 한뜻으로 박연에게 몇 가지 조건을 걸었다.

그건 바다로 나가는 기간은 한 달에 다섯 번이며, 나가더라도 2시간 이상의 거리는 나가지 않는다는 조건이었다.

처음에는 자식들이 내건 조건에 대해서 탐탁지 않게 여기던 박연이었다.

애초에 날씨를 제외하고는 지금까지 그가 배를 타고 나감에 있어 제약을 거는 존재는 없었다.

하지만 자식들의 강경한 태도에 박연은 결국 자신의 고집을 꺾을 수밖에 없었다.

박연 역시 내색은 하지 않았지만, 간혹 무리를 할 때마다 과거와는 달리 심장에서 고통이 느껴졌기 때문이었다.

그러던 중 최근 심장에 느껴지는 고통의 주기가 짧아졌다고 생각하던 찰나 기어이 오늘과 같은 일이 터지고 만 것이다.

후다닥—

"무슨 일이야?"

갑판에서 배의 안으로 뛰어 들어가자 가장 먼저 보인 것은 선교(船橋) 앞에 주저앉아 있는 이혜인이었다.

"저, 저기 아저씨가……."

이혜인은 마치 귀신이라도 본 것 마냥 창백하게 질린 표정을 하고 있었다.

그녀가 덜덜거리는 손으로 선교의 안을 가리켰다. 그곳에는 미동도 없이 쓰러진 박연 선장이 있었다.

"뭐야?"

"저건 선장님이잖아?"

뒤늦게 안으로 뛰어 들어온 아이들이 쓰러진 박연 선장님을 확인하고는 당황한 목소리를 토해냈다.

재빨리 선교 안으로 들어가 쓰러져 있는 박연의 코에 손가락을 가져다 대었다.

후우– 후우–

미약하기는 하지만 호흡은 이뤄지고 있었다. 하지만 가냘프기 짝이 없는 호흡은 조금의 충격만 있어도 당장이라도 멈출 것처럼 힘이 없었다.

'이건 곤란한데.'

재빨리 박연의 손목을 잡아 맥을 짚었다. 그나마 다행인 것은 이산(정조)이 의술에도 나름 조예가 깊었다는 것이다. 덕분에 내 기억 속에는 그가 익히고 배운 의술에 대한 지식이 선명하게 남아 있었다.

'맥에 힘이 없고 심장으로 흐르는 기운이 좋지 않다. 평소에 심장이 좋지 않았던 건가?'

나이를 감안하더라도 손끝을 타고 느껴지는 박연의 심장 박동에서는 거의 힘이 느껴지지 않았다.

아니, 그나마 느껴지는 고동소리조차 시간이 지날수록 점점 희미해지고 있었다.

"주, 죽은 건 아니지?"

이혜인의 물음에 고개를 저었다.

"아직 살아계셔. 하지만 이대로 두면 위험할지도 모르지. 119에 전화는 했어?"

내 물음에 그제야 아이들이 '아차' 하는 표정을 지었다. 재빨리 호주머니에서 휴대 전화를 꺼낸 강대호가 입을 열었다.

"내가 할게. 너희들은 쟤부터 좀 챙겨."

벌벌 떨고 있는 이혜인의 모습에 송선미가 다가가더니 자신이 걸치고 있던 겉옷을 그녀에게 덮어줬다. 그런 이혜인의 모습에 고개를 갸웃거렸다.

'으음, 사람이 이렇게 쓰러진 걸 처음 보는 건가? 하지만 아무리 그래도 이 정도의 반응은 조금 심한데.'

물론 사람에 따라서 특정 상황에 따라 겪는 감정이 다른 것은 당연하다.

하지만 그렇다고 해도 지금 이혜인 보여주는 반응과 행동은 흡사 뭔가 죄를 지은 사람처럼 보였다. 혹시나 하는 생각이 치밀어 올랐지만, 고개를 흔들었다.

'내가 너무 앞서 생각한 거겠지. 그보다 문제는 구조대가 올 때까지 얼마의 시간이 걸리느냐는 것인데.'

단순한 외상과 달리 심장 질환은 무엇보다 시간이 생명이었다. 시선을 휴대폰을 붙잡고 있는 강대호에게로 돌렸다.

"여보세요?"

[네, 제주 소방서입니다.]

"지금 여기 사람이 쓰러졌는데요. 당장 구조대 좀 보내주세요!"

[우선 진정하시고요. 사람이 쓰러졌다고요? 현재 상황과 위치를 자세히 설명해주시겠어요?]

"그, 그게 그러니까……."

강대호가 당황어린 표정으로 박연을 쳐다봤다. 그 모습에 내가 재빨리 말했다.

"대호야, 스피커폰으로."

"어? 알았어."

삑-

[여보세요? 현재 상황과 위치를 말씀해주시기 바랍니다.]

"……고령의 노인입니다. 현재 정신을 잃은 상태고 숨은 쉬고 있지만, 맥박이 불안정합니다. 아무래도 평소 심장 질환이 있으셨던 것 같습니다."

[고령의 노인? 그리고 심장 질환이요? 알겠습니다. 현재 위치가 어디시죠? 저희가 구조대를 보내도록 하겠습니다.]

"지금 여기가……."

막 시선을 선교의 좌표계로 돌리는 순간이었다.

쿵-

배가 크게 흔들리더니 선교가 기우뚱거렸다.

"으아악!"

"꺄아!"

중심을 잡지 못한 문철주가 그대로 바닥에 엎어졌다. 신소연 역시 뒤로 넘어질 뻔했지만, 송선미가 재빨리 손을 뻗어 그녀를 잡아줬다.

"서, 선미야. 고마워."

고개를 끄덕인 송선미가 다시 무표정한 얼굴로 시선을 이혜인에게로 돌렸다.

조금 전 선교의 충격을 느끼지 못한 것인지 이혜인은 여전히 겁에 질린 표정으로 몸을 떨고 있었다.

[여보세요! 괜찮으신가요?]

갑작스러운 비명 때문일까? 스피커폰에서 구조대의 다급한 목소리가 흘러나왔다.

"……일단은 괜찮습니다. 지금 상황부터 다시 알려드릴게요. 현재 저희가 위치한 곳은 바다입니다. 협재 해수욕장에서 크루즈를 타고 바다로 나왔고, 조금 전에 말씀 드린 정신을 잃은 고령의 노인이 저희가 탄 배의 선장님이십니다."

말을 하고보니 그야말로 최악의 상황이나 다름없었다.

[네? 그럼, 지금 배를 다룰 수 있는 분도 없이 바다 한가운데라는 말씀이신가요?]

"네, 맞습니다."

[이런, 알겠습니다. 지금 전화거신 분 성함이 어떻게 되십니까?]

"한정훈입니다."

[정훈 씨, 구조대를 보내기 위해서는 현재 배가 위치한 좌표를 알아야 합니다. 혹시 현재 계신 곳이 배의 어디쯤인가요?]

"선교입니다. 일단 제가 좌표계를 볼 줄 아니까, 지금 좌표를 알려드리도록 하겠습니다."

정착자였던 마이클 도먼은 미 해군의 특수부대 네이비 씰(Navy SEAL)의 훈련 교관이었다.

좌표계를 확인하는 것쯤은 기본 중의 기본이었다. 하지만 본래 불행이란 한 번에 뭉쳐서 오는 존재였다.

"……!"

좌표계를 향해 시선을 돌린 순간 양 미간이 절로 찌푸려졌다.

방향을 알리는 나침반과 좌표계의 수치가 제멋대로 움직이고 있었다.

'설마 좀 전의 충격 때문인가?'

선체가 흔들릴 정도의 강한 충격이었으니, 그 영향으로 좌표계가 고장 났을 가능성은 충분했다.

[정훈 씨! 좌표계는 확인하셨나요?]

휴대폰 너머로 구조대의 목소리가 들려왔다. 동시에 선교 안에 있는 아이들의 시선 역시 내게로 향했다.

그들의 표정에는 불안, 공포, 두려움 등의 감정이 뒤섞여 있었다.

이런 상황에서는 자칫 말 한마디로 인해 구조를 기다리는 사람들이 패닉 상태에 빠질 수도 있다.

하지만 그렇다고 해서 무리하기 현실을 왜곡하면, 오히려 엉뚱한 행동을 보일 가능성도 있었다.

'이 이상 일이 꼬이면 곤란한데.'

가볍게 심호흡을 하고 최대한 담담한 목소리로 입을 열었다.

"……조금 전 선체에 강한 충격이 있었습니다. 아무래도 그때의 영향으로 좌표계가 고장 난 것 같습니다. 배의 이름은 써니(sunny)호입니다. 선박 위치 조회를 통해 조회가 가능하겠습니까?"

[아! 가능합니다. 써니호라고 하셨죠? 그럼, 저희가 위치를 조회해서 구조대를 보내도록 하겠습니다. 현재 환자분의 상황은 어떤가요?]

다시 박연의 맥을 잡아보니 조금 전보다 그 맥이 얇고 힘이 느껴지지 않았다.

"안 좋습니다. 조금 전보다 호흡이 더 약해진 상태입니다."

[저희가 지금 제주병원의 의사 선생님을 연결해드리겠습

니다. 구조대가 도착할 동안……]

쿵-

말이 끝나기도 전에 조금 전과 같은 충격이 써니호를 덮
쳤다.

다행히 이번에는 모두가 제자리에 앉아 있었기 때문에
넘어지거나 하는 사고는 발생하지 않았다.

하지만 첫 번째 충격으로 인해 배의 좌표계가 고장 났다.
지금의 충격으로 또 다른 곳이 고장 났을 수도 있는 노릇이
었다.

"대호야, 잠깐 여기 좀 부탁한다."

"어? 그, 그래. 알았어."

그나마 선교 안에서 침착함을 유지하고 있는 사람은 강
대호와 송선미였다.

하지만 송선미는 정신을 못 차리는 이혜인을 챙기느라
여념이 없었다.

강대호에게 휴대폰을 넘겨주고 선교를 지나 배의 갑판으
로 올라갔다.

쏴아- 후두둑-

갑판으로 올라서자 제일 먼저 반겨주는 것은 장마철과
같은 굵은 빗줄기였다.

"……."

조금 전까지 다과를 즐기던 갑판에는 이미 발목까지 물이

차 있었다.

뿐만 아니라 당장이라도 써니호를 집어삼킬 만큼 너울진 파도는 산전수전을 겪은 나 역시 절로 움찔거릴 정도였다.

"……조금 전의 충격은 파도 때문이었나? 그나저나 이 정도 상황이면 구조대를 기다리는 것보다 차라리 직접 배를 몰아서 항구로 가는 게 나을지도 모르겠는데."

마이클 도먼의 기억과 능력이 있으니 배를 모는 것은 어렵지 않다.

하지만 소방관이었던 제임스의 기억에 의하면, 현 상황에서 배를 모는 것은 지극히 위험한 일이었다.

방향을 알려주는 나침반과 좌표계가 모두 고장이 난 상태였다.

배의 위치와 항구의 방향을 모르는 상태에서, 자칫 엉뚱한 길로 키를 잡았다가는 그야말로 망망대해 한가운데에서 표류하게 될 수도 있었다. 게다가 지금은 배에 위급한 환자까지 있는 상황이었다.

"후우, 일단은 구조대를 기다리자."

결정을 내린 이유는 여러 가지가 있지만, 가장 큰 이유는 무엇보다 신뢰였다.

현재 써니호에 탑승하고 있는 사람은 정신을 잃은 박연 선장을 제외하더라도 5명이다. 만약 내가 배를 몬다고 했을 경우 그 5명이 순순히 내 의도대로 따라줄 확률은 희박했다.

자칫 이로 인해 내부 분란이라도 생기면, 바다에 너울지는 파도보다 더욱 위험한 상황을 초래할 수 있었다.

"하지만……."

스윽-

시선을 올려 쉼 없이 빗줄기를 쏟아내는 하늘을 쳐다봤다. 과연 이런 상황에서 구조대가 무사히 써니호를 발견하고 구조 작업을 할 수 있을까?

"……."

구조대가 포기 하지 않는 마음을 가졌다고 하더라도 현실적인 부분을 배제할 수 있는 것은 아니다.

애초에 구조란 것이 사람의 마음으로 성공시킬 수 있는 것이라면, 실패라는 단어는 구조 작업에서만큼은 존재하지 않았을 것이다.

그러니까 나 또한 현재의 상황에서 최악의 경우를 생각해야만 한다. 그래야지만, 그 최악의 상황이 닥쳐왔을 경우 나름대로의 선택을 할 수 있기 때문이었다.

쏴아-

시간이 지날수록 점차 굵어지는 빗줄기와 거칠어지는 파도처럼 마음 한구석이 무거워지기 시작했다.

❖ ❖ ❖

제주 소방안전 본부.

B-4 긴급 구조 대책 회의실.

평상시에는 소방관들의 티타임 장소로 이용 되는 회의실
에는 오후쯤 걸려 온 한 통의 전화에 비상사태라는 푯말이
걸렸다.

그리고 그 안에서는 최초 구조 전화를 받은 주정민 소방
사를 필두로 현 상황에 대한 브리핑이 진행 중이었다.

"오후 4시 13분. 협재 바다 인근의 배에서 구조 신호 요
청이 들어왔습니다. 배의 이름은 써니호. 탑승자는 선장인
박연과 한국대학교 소속 학생 이혜인, 송선미, 신소연, 한
정훈, 강대호, 문철주 6명 등 총 7명이 확인되었습니다.

현재 최초 신고자 한정훈 씨의 말에 의하면 박연 선장은
심장질환으로 인해 정신을 잃고 쓰러진 상태이며, 써니호
는 외부의 충격에 의해서 좌표계가 고장 난 상태입니다. 다
행히 선박 위치 추적 시스템을 사용해서 써니호의 좌표는
파악해둔 상태입니다."

주정민 소방사의 브리핑이 끝나자 회의실에 모여 있던
사람들의 시선이 가장 상석에 앉아 있는 사내에게로 향했
다.

그는 안전센터장을 맡고 있는 최찬호 소방경이었다.

올해로 14년 경력의 최찬호 소방경은 KV 백화점 붕괴 현장에서 수십 명의 사람을 구해낸 베테랑 중의 베테랑이었다.

하지만 당시 현장에서 국회의원인 손진석의 압력에 의해 손태진을 먼저 찾으라는 상부의 압력에 회의를 느꼈던 그는 해당 사건이 마무리된 후 소방관을 그만두려고 했었다.

그러나 당시 영웅과도 같은 활약을 보인 소방관들을 언론에서 집중 조명하던 시기였다.

그런 와중에 엄청난 활약을 보였던 소방관이 그만둬 버리면, 이를 이상하게 생각한 기자들이 주변을 들쑤시고 다닐 것은 불 보듯 뻔했다.

또한 그리되면, 자칫 소방본부와 손진석과의 거래 내용이 수면위로 떠오를 수도 있는 노릇이었다.

이를 두려워했던 상부는 필사적으로 최찬호를 설득했고 결국 그를 일 계급 특진시키며, 고향인 제주도의 안전센터장으로 발령을 내는 것으로 일을 무마시켰다.

"상황은 알겠습니다. 구조대는 출발했습니까?"

최찬호의 물음에 그의 옆자리에 앉아 있던 정주한 소방위가 난감한 표정으로 입을 열었다.

"그게 지금 써니호가 위치한 바다에 호우주의보가 내려진 상황입니다. 해안 경비단에 협조 요청을 보냈지만, 그쪽도 상황이 여의치가 않습니다. 배를 출항시키기에는 파도가 너무 높다는 거죠."

"그럼, 소방 헬기를 사용하는 건 어떻습니까?"

"센터장님, 부임한 지 얼마 되시지 않아 아직 모르시겠지만 저희 센터에는 소방 헬기가 없습니다. 이걸 보시죠."

정주한 소방위가 자신의 앞에 놓인 서류를 최찬호 소방경에게 내밀었다. 서류에는 2018년 소방 헬기 도입에 관한 내용이 적혀 있었다.

내용을 확인한 최찬호의 얼굴이 찌푸려졌다.

제주도에 거주하는 인구만 60만 명, 매해 찾는 관광객만 해도 수천만 명에 이른다. 그런데 안전을 책임지는 소방서에 소방 헬기 한 대조차 없다는 사실이 어찌 기막히지 않을 수 있을까?

'정말 서울과 달라도 너무 다르구나.'

애초에 소방관은 1%의 국가직과 99%의 지방직 소방관으로 구분된다. 국가직 소방관인 경우 중앙정부에서 지원을 받지만, 지방직 소방관인 경우는 지자체에서 지원을 받는다.

따라서 지자체의 예산이 풍족한 경우는 소방 장비 등의 예산을 넉넉하게 지원 받지만, 그렇지 못한 경우에는 제대로 된 장비조차 지원 받지 못하는 게 작금의 현실이었다.

그러나 지금은 현실에 짜증을 낼 상황이 아니었다.

지금 이 순간에도 바다에 고립된 그들은 간절한 마음으로 구조대를 기다리고 있을 것이다.

"알겠습니다. 그럼, 해안 경비단에 전화 연결 넣어주세요. 제가 직접……."

최찬호의 말이 막 끝나기 전이었다.

똑- 똑-

회의실 문밖에서 노크 소리가 들려왔다.

끼익-

조심스레 문을 열고 들어온 사람은 한칠수 소방교였다.

"무슨 일인가?"

정주한의 물음에 한칠수가 한 손으로 스피커를 막은 휴대폰을 들어 올리며 말했다.

"센, 센터장님, 방만호 소방정감님 전화입니다."

소방정감이라는 단어가 흘러나오자 회의실 안에 있던 사람들의 얼굴이 일순 굳어졌다.

특히 신참이라 할 수 있는 주정민 같은 경우에는 소방정감이란 단어를 되뇌다가 '뜨악' 하는 표정을 지었다.

대한민국에서 소방정감은 최고위직인 소방총감의 바로 아래로 단 3명만 존재하는 고위직이었다.

실제로 소방관이 되고 나서 소방총감은커녕 소방정감을 보지 못한 소방관들이 부기지수였다. 특히 지방에서 근무하는 소방관들의 경우에는 그 정도가 더 심하다고 할 수 있었다.

반면, 방만호 소방정감이란 이름을 들은 최찬호의 표정은 심각할 정도로 굳어져 있었다.

"저, 저기 어떻게 할까요?"

안절부절 못하는 한칠수의 모습에 최찬호가 오른 손을 뻗었다.

"이리 주게."

"여기 있습니다."

휴대폰을 받아든 최찬호가 곧장 자세를 바로하고는 입을 열었다.

"제주도 소방 안전센터장 최찬호입니다."

[오랜만이네. 그간 잘 지냈는가?]

"저야 고향에서 좋은 시간 보내고 있습니다. 그런데 어쩐 일로 전화를 주셨습니까?"

[그래, 상황이 급하니 서론은 접어두고 본론부터 말하겠네. 이미 그쪽에도 보고가 들어갔겠지? 써니호 말이네.]

써니호라는 단어가 흘러나오자 최찬호의 눈꼬리가 파르르 떨렸다.

현 시점에서 방만호 소방정감이 전화를 했을 때부터 어느 정도 예상은 했었다.

지난날 손진석의 말을 따라 구조 작업을 진행하라는 명령을 내렸던 사람도 바로 방만호 소방정감이었기 때문이다.

"……방금 보고를 받고 대책 회의를 진행 중이었습니다."

[수단 방법 가리지 말고 반드시 구해내야 하네. 자네라면, 내 말이 무슨 말인지 잘 알겠지?]

질끈—

최찬호가 입술을 깨물었다. 그때와 토씨 하나 다르지 않고 같은 소리였다.

애써 속으로 호흡을 고른 최찬호가 마음을 추스르며 말했다.

"정감님, 저희 소방관들은 언제나 최선을 다해 구조 작업을 하고 있습니다."

[쯧쯧. 이 사람아, 누가 그걸 몰라서 이런 말을 하겠나? 내가 지금 하는 말은 나중에 흘러나올 구설수는 신경 쓰지 말고 동원할 수 있는 장비와 인력 모두 사용하라는 소리네. 이미 그쪽 해안 경비단장에게도 전화를 넣어 놨으니, 적극적으로 협조를 해 줄 것이네.]

방만호의 말이 막 끝나는 순간이었다. 회의실 밖에서 귀에 익은 목소리가 들려왔다.

"센터장님! 해안 경비단 쪽에서 협조 요청하겠다고 합니다."

조금 전까지만 해도 파도가 높아 어렵다고 하던 말이 180도 바뀌었다. 그리고 이 목소리는 스피커를 타고 전화 통화를 하던 방만호의 귀에도 그대로 들어갔다.

[내 말대로지 않나? 현재 그쪽 기상 상황이 좋지 못하던 것은 알고 있네. 하지만 위치를 볼 때 그리 먼 바다는 아니니까 경비정과 헬기를 동원하면, 무사히 구조할 수 있을 거야. 만약 더 필요한 지원이 있다면, 망설이지 말고 말하게. 최선을 다해 도와주겠네.]

방만호의 말 그대로였다. 비록 기상 상황이 좋지 않다고는 하지만, 이보다 더한 상황에서도 구조에 성공한 적은 수 없이 많았다.

하지만 정작 최찬호의 마음이 무거운 이유는 다른 곳에 있었다.

"정감님."

[말하게나.]

"보고를 받으셔서 이미 다 알고 계시리라 생각합니다. 그러니 묻겠습니다. 반드시 구해야 하는 사람이 누굽니까?"

[…….]

"말해주시죠."

[그 배에 한국대학교에 다니는 학생들이 타고 있을 거네. 그 중에서 이혜인과 송선미라는 여학생들이 있는데, 그 두 사람은 꼭…….]

뚝―

이름을 듣는 순간 최찬호는 그대로 휴대폰의 종료 버튼을 눌러 버렸다.

"후우."

역시 예상대로였다.

거짓말이라도 좋으니 현재 배안에서 생사를 넘나들고 있는 박연에 대한 얘기를 꺼냈다면, 최찬호는 과거는 잊고 진실된 마음으로 방만호에게 고맙다는 말을 했을 것이다.

하지만 방만호의 대답은 최찬호의 예상을 한 치도 벗어나지 않았다.

'이번에도 국회의원인가? 아니면 재벌의 자식?'

구조를 함에 있어서 사람의 신분에 따라 우선순위를 정해야 한다는 사실이 치가 떨릴 수밖에 없었다.

고작 이런 꼴을 보고자 지난 수십 년의 세월을 소방관으로서 지내온 것이 아니었다.

'그나마 마지막은 고향에서 후회 없이 마무리하고 싶었는데. 아무래도 이제는 정말 관둘 때가 됐나 보군.'

최찬호는 마음을 정했다.

이번 구조 작업이 끝나면, 사표를 내고 센터장의 자리에서 물러나기로 말이다. 더는 이런 더러운 꼴을 보면서 소방관의 일을 하고 싶지도 할 수 있을 것 같지도 않았다.

드륵-

최찬호가 의자에서 일어나자 숨을 죽이고 상황을 살피던 다른 소방관들이 일제히 자리에서 일어났다.

"정주한 소방위."

"네!"

"아까 얘기 들었겠지만, 해안 경비단에서 협조해 준다고 했으니, 배가 됐든 헬기가 됐든 아끼지 말고 도와달라고 하세요. 그리고 제주병원에 연락해서 만약의 상황에 대비해 달라고 요청하고, 혹시 이번 구조 작업에 의사 분이 동행할 수 있는지 물어보세요."

"네? 동행 말입니까?"

"보고에 의하면 박연 선장이 평소 심장질환이 있다고 합니다. 심장질환 같은 경우에는 무엇보다 시간이 우선이니, 구조를 하고 후송을 하는 시간조차 사치일 수 있어요. 꼭 전문의가 아니라도 좋으니까 부탁을 해보도록 하세요."

만약 병원 측에서 거절한다면, 최찬호는 방만호에게 요청할 셈이었다.

분명 아끼지 않고 지원을 한다고 했으니, 이 정도 쯤은 어렵지 않게 들어줄 것이다.

화가 나고 분통이 터지는 것은 사실이었지만, 고작 그런 감정 때문에 받을 수 있는 도움을 거절하는 것은 멍청한 짓이었다. 어차피 구조를 하기로 한 이상 이제 남은 것은 최선을 다하는 일뿐이었다.

"……알겠습니다."

정주한이 마지못해 고개를 끄덕였다. 하지만 행동과 달리 머릿속에는 콧대 높은 의사들이 과연 환자를 위해 파도가 넘실거리는 바다를 따라나설지 의문이었다.

"저기 센터장님."

"주정민 소방사, 무슨 일입니까?"

망설이던 주정민이 잠시 주변을 눈치를 보다가 이내 단호한 표정으로 말했다.

"제 친구가 제주 병원 흉부외과 레지던트로 있습니다! 누구보다 환자를 아끼는 녀석이니, 구조 작업에 대한 동행 얘기는 제가 부탁해보겠습니다."

굳어져 있던 최찬호의 입가에 처음으로 엷은 미소가 걸렸다.

'그래, 그나마 이런 소방관이 있기 때문에 이렇게 버틸 수 있는 거겠지.'

분명 위에는 방만호 같은 사람도 있지만, 오로지 자신이 구조해야 할 사람만 생각하는 주정민과 같은 소방관도 있었다.

"좋습니다. 그럼, 그 부분에 대해서는 주정민 소방사에게 맡기겠습니다."

"네!"

"지금부터 써니호 구조 작업에 나설 소방관들을 추려 2개조로 나눠 해안 경비대로 향합니다. A조는 제가 맡도록 하죠."

센터장이 직접 구조 작업에 나선다는 소리에 회의실에 모여 있던 사람들 모두가 황당한 표정을 지었다.

정주한이 말도 안 된다는 표정으로 최찬호가 나서려는 회의실 문을 가로막았다.

탓—

"센터장님이 직접 구조 활동에 나서다니요. 이건 말도 안 됩니다!"

"뭐가 말이 안 됩니까? 센터장은 소방관 아닙니까?"

"하지만 아무리 그래도 이건 아니지 않습니까? 센터장님이 출동하시면, 센터에서 지휘는 누가 합니까?"

"정주한 소방위가 있지 않습니까?"

"네?"

"현장은 내가, 상황실은 정주한 소방위가 지휘합니다. 알겠습니까?"

"세, 센터장님!"

당황해서 말을 잇지 못하는 정주한의 어깨에 최찬호가 손을 올렸다.

"소방관이 계급이 높다고 건물 안에서만 박혀 있어서야 어디 소방관이라고 할 수 있겠습니까? 그리고 구조를 기다리고 있는 사람이 있다면, 나는 어디든 갑니다. 아직은 나 스스로를 소방관이라고 생각하기 때문입니다."

"……."

가슴을 울리는 나지막한 최찬호의 한마디에 회의실 안에 모여 있던 사람들은 아무런 말도 하지 못했다.

다만, 주정민 소방사는 마치 자신의 우상을 만난 것과 같은 얼굴로 최찬호를 바라보고 있었다.

아니, 그 뿐만 아니라 젊은 소방사들은 모두 같은 표정을 짓고 있었다.

반면 7급 이상의 소방사들은 애매모호한 얼굴을 하고 있었다. 그들 역시 최찬호가 말하는 것이 어떤 것인지 잘 알고 있다.

하지만 그런 감정을 다시 느끼기에는 그들 스스로가 이미 너무 먼 길을 걸어왔다고 생각하고 있었다.

"자, 이러고 있을 시간 없습니다. 지금부터 써니호 구조 작업을 시작합니다. 모두 움직이세요!"

Chapter 82. 베테랑

제주행 대한항공 LJ7947편.

퍼스트클래스석에 오른 손태진이 승무원의 안내에 따라 자리에 착석하고는 주변을 둘러봤다.

국내에서 퍼스트클래스를 이용하는 경우는 보통 두 종류의 사람뿐이다.

첫째는 그간 적립해 온 항공 마일리지를 활용해서 좌석을 업그레이드 한 고객. 둘째는 태생부터가 퍼스클래스를 이용할 수 있는 환경에서 살아온 고객이다.

손태진은 이 두 종류에서 후자에 속하는 고객이라고 할 수 있다. 또한, 후자에 속하는 고객들은 한 다리만 건너면

서로가 서로를 알 수 있을 만큼 대한민국의 거미줄 같은 인맥사회에 포함되어 있었다.

"후아. 이봐! 여기 와인부터 한 잔 가져와."

바로 지금처럼 탑승해서 자리에 앉기 무섭게 경망한 목소리를 뿌리는 사람처럼 말이다.

'장성호. 동원그룹 장칠현 회장의 막내 손자. 할아버지를 닮아 여자 연예인이라면 사족을 못 쓴다지?'

와인을 주문한 사람은 대한민국 유통업계의 절대 강자라고 알려진 동원그룹의 직계이자 재벌 3세인 장성호였다.

정계에서 대대로 이름을 알린 손태진의 집안과는 직접적인 관계는 없지만, 그래도 비슷한 나이 또래이기 때문에 오고가며 들은 소리가 꽤 있었다.

또각- 또각-

그리고 이어서 들리는 구두 소리에 손태진의 시선이 힐끗 뒤로 향했다.

승무원의 안내에 따라 입장하는 사람은 허리까지 내려오는 긴 생머리가 인상적인 여성이었다.

얼굴을 반쯤 가리는 커다란 선글라스를 쓰고 있었지만, 여자 치고는 작지 않은 키에 손태진은 단번에 그녀가 누구인지를 알아차릴 수 있었다.

'이유나. 명동 박 회장의 유일한 혈육. 얼굴을 직접적으로 보이는 경우가 거의 없다고 하던데, 소문이 사실인가 보네.'

명동 박 회장은 재벌가와 정치권에는 꽤 유명한 이름이었다. 대대로 만석꾼의 집안이었던 박 회장의 가문은 일제 강점기 이후 본격적으로 사채 사업에 뛰어들었다.

본래부터 소작을 주고 사람을 부리는 것에 능했기 때문인지 불과 5년도 되지 않아 사채 업계의 큰 어른이 되었다고 한다.

물론 그 내면에는 박정희를 비롯한 전두환, 노태우, 그리고 김영삼 정권에 이르기까지 보이지 않는 흑막이 있었기 때문에 가능한 일이었다.

어찌됐든 지금에 이르러서 명동 박 회장의 가문은 대한민국 상위0.1%의 가문들과 비교해도 뒤떨어지지 않는 힘을 지니고 있었다.

일부 가문 중에서는 돈놀이나 하는 사채업자라고 무시하는 곳도 있지만, 그건 그 가문이 아직까지 박 회장의 먹잇감이 되어보지 않았기 때문이다.

'아버지께서도 어지간해서는 저 집안과 불편한 관계를 만들지 말라고 하셨지.'

대통령조차 적수로 생각하지 않는 손진석이 미리 경고를 했을 정도이니, 그 힘이 진짜배기인 것은 분명했다.

이유나를 뒤따라 중앙일보의 서태환, 서진제약의 민소희 등이 차례차례 비행기에 탑승했다.

그들이 제주행 비행기에 타는 이유는 하나뿐이었다.

내일 오후 크라운 호텔에서 개최될 하버드 동문 모임에 참석하기 위해서였다.

장성호, 이유나, 서태환 그리고 민소희까지. 학과와 입학 시기는 다르지만 모두 손태진과 마찬가지로 미국 아이비리 그의 하버드 대학교(Harvard University) 출신 동문이었다.

"아이 씨, 와인 맛 한 번 구리네. 이봐! 여기 이런 싸구려 와인 말고 제대로 된 와인은 없어?"

퉤-

승무원이 가져다 준 와인을 한 모금 들이켠 장성호가 인상을 찌푸리며 그대로 입에 머금고 있던 내용물을 와인 잔에 뱉었다.

그 모습에 승무원이 난감한 표정으로 걸어왔다.

애초에 장성호에게 가져다 준 와인이 현재 기내에 배치된 와인 중에서 가장 값비싼 와인이었기 때문이다.

"죄송합니다. 고객님. 현재 준비 중인 와인 중에서 이보다 품질이 좋은 와인은 미처 준비를 하지 못했습니다. 다음에는 좀 더 나은 서……."

승무원의 말이 끝나기도 전에 장성호가 손사래를 쳤다.

"아, 됐어. 태현이 형은 회사를 뭐 이딴 식으로 운영하는 거야? 명색이 국내 최고의 항공사가 VIP를 이런 식으로 대우하고 말이야."

"고객님, 정말 죄송합니다."

"됐어요. 됐으니까 가서 일 보세요. 괜히 그러고 있다가 누가 휴대폰으로 영상이라도 찍어서 올리면 괜히 나만 할 아버지한테 박살나니까."

아무리 망나니 재벌 3세라고 해도 장성호는 전 세계 최고 명문이라고 불리는 하버드를 졸업한 사람이었다. 적어도 정신이 멀쩡한 상태에서는 최소한의 사리분별은 할 줄 알았다.

물론 그 내막에는 지금까지 무던히도 사고를 쳐온 그에 대한 할아버지 장칠현 회장의 특별한 경고가 있기 때문이기도 했다.

[한 번만 더 언론에 구설수가 오르면, 네놈을 평생 캄보디아 지부에서 썩게 만들 테니까 그런 줄 알아!]

캄보디아 지부로 보낸다는 것은 집안의 승계 구도에서 아예 제외시켜 버리겠다는 말과 다름이 없었다.

그리 되면, 지금까지 누리고 있던 모든 것을 잃게 되는 것은 정해진 수순이었다.

천하의 장성호라고 해서 두려움이 생기지 않을 리가 없었다.

"그래도 이제는 제법 사람이 된 것 같구나."

"어떤 새끼가…… 헙!"

짜증 섞인 얼굴로 자리에서 일어나려던 장성호가 자신의 뒤에 서 있는 사내를 확인하고는 입을 다물었다.

그는 바로 KV 그룹의 머리라고 불리는 미래전략기획실 실장 마동수였다.

"왜 그런 표정이냐?"

"서, 선배. 안녕하세요."

장성호가 어색한 표정으로 고개를 숙였다.

이 모습을 다른 누군가 본다면, 분명 이상하다고 생각할 것이다.

장성호는 대한민국의 내로라하는 재벌가의 일원인 반면, 마동수는 아무리 잘 쳐줘도 그런 재벌가를 모시고 있는 임원이었기 때문이었다.

물론 학번으로 따지자면 마동수가 장성호보다 7개 학번이 높았다.

하지만 한때 망나니라 불린 장성호가 과연 학번이나 선후배 관계 때문에 고개를 숙일까?

그를 알고 있는 지인들이 이 얘기를 듣는다면 단번에 코웃음을 칠 것이다.

그런데도 장성호가 마동수에게 고개를 숙이는 이유는 간단했다. 그가 저지른 잘못에 대해서 마동수가 너무나 많은 것을 알고 있기 때문이었다.

대한민국 재벌 3세들의 문란한 사생활은 하루 이틀이 아니었다. 다만 막강한 재벌 파워로 인해 그 사실이 축소되거나 언론에 공개되지 않았기 때문에, 일반 대중들이 그 실상을 제대로 파악하지 못할 뿐이었다.

이런 와중에 마동수가 미래전략기획실의 실장으로 취임하고 나서 가장 먼저 한 일이 바로 대한민국 재벌 3세들의 일거수일투족을 감시한 것이다.

애초에 재벌 회장들을 건드려 봤자 이미 다 늙은 노인들의 얘기에 흥미를 가질 사람이 얼마나 있겠는가?

하지만 그들의 자식 혹은 손주들과 관련된 얘기는 다른 문제였다. 자신과 비슷한 또래인 재벌가 사람들의 무분별한 사생활은 대중의 공분을 사기에 충분했다.

그리고 이렇게 마동수에 의해 수집된 이런 정보는 KV 그룹이 성장함에 있어 가장 무서운 칼이 되었다.

뒤늦게 이런 사실을 알게 된 재벌가들이 급히 집안 단속에 나섰지만, 그때는 KV 그룹의 미래전략실에 산더미 같은 서류가 쌓인 뒤였다.

당연한 얘기지만 KV 그룹 일가의 사람들이 저질러 놓은 잘못들은 깨끗하게 세탁이 된 상태였다.

이쯤 되니, 대한민국 재벌 3세들에게 있어서 마동수는 저승사자와 다름이 없는 존재일 수밖에 없었다.

그의 손에 보관된 서류 한 장만 언론에 흘러나가도 그들은 검찰의 소환장을 받아야 할 것이다.

"성호야. 사고 치지 마라. 장 회장님, 걱정이 이만저만이 아니니까."

"무, 물론이죠."

마동수는 여전히 어색하게 웃는 장성호를 지나쳐 이유나가 앉은 자리로 걸어갔다.

"유나야, 오랜만이다."

마동수의 인사에 이유나가 여전히 선글라스를 쓴 상태로 방긋 미소를 지으며 손을 흔들었다.

"하이! 오빠도 잘 지냈어요?"

"나야 늘 그렇지."

"후훗. 전에도 얘기했지만, KV 그룹이 지겨워지면 언제든 할아버지한테 오세요. 지금 받는 연봉의 10배라도 지불할 의향이 있다고 하셨거든요."

KV 그룹의 미래기획실 실장의 연봉이라면 억 단위는 가볍게 넘었다. 그런데도 10배를 지불하겠다면, 최소 마동수의 가치가 수십억은 넘는다는 소리였다.

마동수가 이유나의 제안에 고개를 끄덕이고는 입가에 가벼운 미소를 지었다.

"말씀만이라도 감사하다고 전해드려라."

"여전하시네요. 뭐, 그래도 언제라도 생각이 바뀌면 알려줘요. 저도 오빠라면 환영이니까."

고개를 끄덕인 마동수가 기내의 가장 안쪽 자리를 향해 걸음을 옮겼다.

그 사이의 자리에는 서태환과 민소희가 있었지만, 마동수는 앞선 두 사람과 달리 그들에게는 아는 척을 하지 않았다.

하버드 동문에 같은 퍼스트클래스를 이용한다고 해도 애초에 그들은 장성호와 이유나 같은 급이 아니었다.

"……."

그 사실을 알았기 때문일까?

내심 마동수가 아는 척을 하면 인사를 하려던 두 사람은 자신들을 그대로 지나치는 그의 모습에 허탈한 표정을 지었다.

저벅저벅—

그렇게 마동수가 걸어간 자리는 바로 손태진의 옆 자리였다.

'저 사람이 KV 그룹의 머리라는 마동수 실장인가?'

제법 많은 사람과 안면을 트고 지낸 손태진이었지만, 마동수를 직접 보는 것은 오늘이 처음이었다.

같은 학교의 동문이라고는 하지만 손태진이 입학한 시기에는 이미 마동수가 졸업을 하고 KV 그룹에서 일을 하고 있던 시점이었기 때문이다.

또한, 재벌가와 정치권이 밀접한 관계가 있다고 해도 그건 어디까지나 손태진의 아버지인 손진석과 해당되는 얘기였다.

아직 정식으로 정치권에 머리를 올리지 못한 손태진이 마동수와 인연이 닿기에는 무리가 있었다.

그나마 미래를 위한 준비로 대한민국을 실질적으로 움직이는 사람들과 그들의 후계자에 대한 공부를 하지 않았다면, 손태진은 자신의 옆에 앉은 사람이 마동수임에도 알지 못했을 것이다.

'겉으로 보기에는 크게 대단한 사람 같아 보이지는 않는데. 저런 사람이 그 성질 더러운 곽도원 회장조차 꼼짝 못하게 하는 사람이라니. 더군다나 하버드에서도 매해 TOP의 자리를 놓친 적이 없다지?

손태진이 자신이 직접 눈으로 본 마동수에 대한 평가를 머릿속에 정리할 무렵이었다.

"미리 축하하네."

묵직하면서도 힘 있는 한마디. 손태진의 시선이 자연스럽게 마동수에게로 향했다.

마동수의 시선 또한 어느새 손태진을 바라보고 있었다.

"그게 무슨 소립니까?"

"이종필 의원을 잡은 것 말이네. 아마 내일 모레면, 이종필 의원이 후보자에서 자진 사퇴할 것이네."

손태진의 눈이 가늘어졌다. 마동수가 지금 대체 무슨 말을 하는 것일까?

'아직 아버지에게도 별다른 말이 없었다. 그런데 이종필을 후원했던 KV 그룹의 실질적인 머리가 그의 후보 사퇴를 거론한다? 마동수 저 사람이 강제로 이종필 의원을 물러나게 했다는 말인가? 혹시 아버지께서 압박을 넣으신 걸까?'

빠른 속도로 손태진의 두뇌가 현 상황에 대해 파악을 해 갈 때였다.

마동수가 여전한 목소리로 말을 이었다.

"호랑이의 자식은 늑대나 여우가 될 수 없지. 결국은 호랑이가 되는 법. 우린 그 호랑이와 대립하기보다는 함께 하는……."

우웅- 우웅-

마동수의 말이 끝나기도 전에 휴대폰에서 진동음이 울렸다.

그리고 그 진동음은 마동수의 휴대폰뿐만 아니라 손태진의 것에서 울렸다.

서로 각자 생각과 말을 멈추고 손태진과 마동수가 휴대폰으로 날아온 메시지를 확인했다.

[도련님, 한정훈 그 친구 말입니다. 현재 제주도에 있다고합니다. 그런데 현재 상황이 묘하게 흘러가고 있습니다. 한정훈이 대학교 친구들과 함께 크루즈를 타고 바다에 나갔다가

현재 기상 악화로 구조 요청을 보냈다고 하더군요. 특이점으로는 그 친구들 중에 이종원과 송태산의 딸도 있다고 합니다.]

[실장님, 한정훈에 관해서 1차 관련 파일 메일로 전송했습니다. 또 특이사항이 있어 첨언합니다. 현재 한정훈 그 사람이 제주 바다에서 기상 이변으로 구조 요청을 보낸 상황이라고 합니다. 그 일행 중에 이종원과 송태산의 딸이 포함되어 있어서 제주 소방 본부와 해양 경비단이 구조 작업을 위해 움직였습니다.]

동시에 같은 내용의 문자를 받은 손태진과 마동수의 표정이 변했다.
손태진의 입가에는 뜻 모를 웃음이 생긴 반면, 마동수의 얼굴에는 마치 흥미로운 장난감을 발견했을 때의 표정이 생겨났다.

상황이 좋지 않은 것은 변함이 없었다. 박연은 여전히 정신을 차리지 못하고 있었고, 하늘에서는 구멍이 뚫린 것 마냥 장대비가 쏟아지고 있었다.

더욱이 이혜인은 정신을 차리기 무섭게 휴대폰을 손에 들고 아버지인 이종원만 찾고 있었다.

"아빠! 지금 뭐하고 있는 거야! 비행기가 됐든 헬기가 됐든 빨리 보내서 구해달란 말이야!"

주변은 신경 쓰지 않고 쉼 없이 소리를 내지르는 이혜인의 모습에 다른 아이들은 눈살을 찌푸렸다.

하지만 내 입장에서는 그런 이혜인의 행동이 꼭 나쁘다고는 볼 수 없었다.

'구조 작업을 할 때 가장 중요한 것은 쓸데없는 자존심 따위는 버리는 거다. 받을 수 있는 도움이라면, 설령 그게 원수의 도움이라도 받아야 한다. 그게 바로 생명을 구하는 일이니까.'

사람을 구함에 있어서는 한 번의 창피함, 아니 열 번의 창피함이라도 참아낼 수 있었다.

'일단은 구조대를 기다린다.'

손진석의 아들이었던 손태진 정도는 아니겠지만, 이혜인과 송선미의 집안 역시 대한민국에서 나름 잘 나가는 집안이었다.

분명 전화를 받은 시점부터 그들이 가진 모든 인맥을 총동원해서라도 구조대를 파견하기 위해 분주하게 움직이고 있을 것이었다.

그렇게 얼마의 시간이 흘렀을까?

상당한 시간이 지났음에도 구조대는 여전히 올 생각을 하지 않았으며, 기상은 더욱 악화되기 시작했다.

우웩-

배 멀미로 인해 속을 게워 낸 문철주가 창백하다 못해 하얗게 질린 얼굴로 선교 밖을 쳐다보며 말했다.

"하아…… 하아…… 날씨가 계속 안 좋아지는데. 젠장, 이러다 이거 구조대 못 오는 거 아니야?"

휙-

동시에 이혜인이 죽일 것 같은 눈빛으로 문철주를 쳐다봤다.

"그게 무슨 말도 안 되는 소리야! 구조대가 못 오다니! 그럼, 우리가 여기서 모두 죽는다는 소리야?"

"아니, 내 말은 그게 아니라…… 잠깐만. 야! 시발, 일이 이렇게 된 게 내 잘못도 아닌데 왜 나한테 신경질이야?"

"뭐? 시발? 너 미쳤어?"

"혜인아, 그만둬."

"철주야, 지금 뭐하는 거야!"

문철주와 이혜인이 서로 으르렁거리며 욕설을 내뱉자 강대호와 송선미가 나서서 두 사람을 떼어 놓았다.

그 사이에서 신소연은 공포에 질려 아무런 말도 하지 못하고 오들오들 떨고 있었다.

학교 안에서는 나름 수재 소리를 듣고 뛰어나다는 평가를 받을지언정 그래봐야 이들의 나이는 21살에 불과했다.

현실적으로 이성보다는 감정에 의해 움직이고 행동할 수밖에 없었다.

'……아무래도 구조대의 손을 빌리기는 틀린 것 같네.'

극한의 상황에서 서로가 협력을 하는 아름다운 모습은 재난 현장에서 사실상 열에 아홉은 벌어지지 않는 상황이다.

대부분은 서로 헐뜯고 비난하며, 책임을 돌리고 누군가를 희생양으로 삼는다.

그러다 보면 결국 예상하지 못한 사고가 터지기 마련이었다.

'후우, 우선은 최악의 상황을 피하고 보자.'

지금까지는 최대한 내가 가진 힘을 보이지 않고 감추려고 했다.

KV 백화점 붕괴 사고 때도 겪었지만, 사고 현장에서 벌어진 상황은 결국 어떻게든 밖으로 새어나가게 되어 있다.

당시에도 드론이라는 전혀 생각지도 못한 장치에 의해 내 정체가 발각되지 않았던가?

이번에도 그런 경우가 발생하지 말라는 법은 없었다. 더욱이 지금은 그때와 달리 신분이 대놓고 노출된 상황이었다.

하지만 그렇다고 해서 이대로 아무것도 하고 있지 않다가는 모두가 물고기 밥이 되고 말 것이다.

그건 말 그대로 정말 최악의 상황이었다.

덜컹-

선교에 위치한 서랍장을 열어 그 속에서 조명신호탄을 비롯해 조난 시 필요한 물품을 꺼내 인원 별로 나누기 시작했다.

"정훈아, 그것들은 왜?"

문철주를 진정시키고 있던 강대호가 의아한 얼굴로 물었다.

그런 강대호에게 분류한 물품을 나눠주며 말했다.

"이런 상황에서 구조대만 기다리고 있다가 자칫 파도에 의해 배가 뒤집어지면 끝장이야. 만약의 상황을 대비해서 모두 조명탄 챙기고 구명조끼도 단단히 묶어둬."

"설마 너도 우리가 구조되지 못할 거라고 생각하는 거야?"

이혜인을 비롯한 다른 아이들이 굳은 얼굴로 나를 쳐다봤다.

그런 아이들의 시선에 나는 말없이 선교 밖의 바다를 가리켰다.

"모두 봐서 알겠지만, 밖의 상황은 비와 파도로 인해 1m 앞도 식별이 불가능한 상태야. 이런 상황에서 과연 헬기가 이륙할 수 있을까? 배 역시 마찬가지야. 소형 경비정 같은 경우에는 파도로 인해 크루즈 근처에 접근조차 못할 게 뻔해.

적어도 이 정도 상황을 뚫고 오려면, 해안 경비단이 아닌 제주 해군의 도움을 받아야겠지."

그리고 현실적으로 군의 도움을 받는 것은 국가적 재난 상태가 아니라면, 거의 불가능하다고 봐야 했다.

당시 백화점 붕괴 현장에서 보여준 손진석 정도의 권력과 힘이라면, 얘기가 달라지겠지만 말이다.

"……그래서 뭘 어떻게 할 생각인데?"

거의 패닉 상태인 아이들 중에서 유일하게 침착함을 유지하고 있던 강대호가 내가 건네준 조명탄을 움켜쥐며 물었다.

"할 수 있는 걸 해야겠지. 설령 나중에 곤란을 겪더라도 말이야."

"그게 무슨 소리야?"

강대호가 또 다시 질문을 했지만 이번에는 대답을 하지 않았다.

대신 휴대폰을 꺼내 단축 번호 2번을 눌렀다.

몇 번의 신호음이 가기도 전에 맞은편에서 반가운 목소리가 흘러 나왔다.

[에이션트 원! 제주도는 어떠십니까? 즐거운 시간 보내시고 있으신가요?]

"그게 문제가 조금 생겼습니다."

[네? 문제라고요?]

지금의 상황을 간추려 전하자 안 집사가 심각한 목소리로 말했다.

[당장 방도를 찾아보겠습니다. 필요하다면 대통령의 힘이라도 빌려야지요. D.K 그룹이 한국의 모든 사업에서 손을 땐다고 하면 에이션트 원을 구하기 위해 군함 한 척 정도는 움직일 수 있을 겁니다. 그도 아니면, 레이아를 통해 다른 방법을 찾아보겠습니다. 그녀의 인맥이라면, 에이션트 원을 구할 방법쯤은 충분히 마련할 수 있을 겁니다.]

만약 지금과 같은 상황이 아니었다면, 웃음이라도 흘렸을 것이다.

역시 안 집사의 스케일은 차원이 달랐다.

더욱이 그가 하는 말은 단순한 농담이 아니었다.

만약 내가 그렇게 해서라도 움직여 달라고 한다면, 안 집사는 추호의 망설임도 없이 그와 같이 움직일 것이다.

"고맙지만, 그러기에는 시간이 촉박합니다. 일단은 지금 상황에서 할 수 있는 일을 해야 할 것 같은데. 나이트와 연결이 가능하겠습니까?"

[가능합니다. 바로 연결하겠습니다.]

휴대폰에서 들려오던 안 집사의 목소리가 잠시 끊겼다.

그 사이 내 뒤에 앉아 있던 아이들은 큰 충격을 받은 얼굴로 나를 바라보고 있었다.

심지어 그중에는 평소 거의 입을 열지 않던 송선미도 있었다.

"정훈아, 너 대체 누구랑 통화하는 거야?"

"D.K 그룹? 설마 우리가 아는 그 D.K 그룹이야?"

"에이션트 원?"

하지만 안타깝게도 지금은 그들의 궁금증을 해결해 줄 시간이 없었다.

[에이션트 원, 아무래도 흑기사가 필요하신 상황인 것 같군요.]

물 한 잔 마실 정도의 시간이 흘렀을까? 이윽고 휴대폰을 통해 기다리던 나이트의 목소리가 흘러나왔다.

"나이트, 이곳의 상황을 알려줄게."

안 집사에게 말했던 것과 마찬가지로 나이트에게도 현재의 상황에 대해서 알려줬다.

나이트가 아무리 뛰어난 인공지능 컴퓨터라고 해도 그 근간이 되는 것은 정보였다.

정보를 가지지 않은 상태의 나이트 또한 그저 연산과 추리 능력이 조금 뛰어난 기계에 불과했다.

[상황은 파악했습니다. 그래서 에이션트 원께서는 어떤

도움을 원하시는 겁니까?]

"지금부터 내가 직접 이 크루즈의 키를 잡을 거야. 넌 실시간으로 배의 위치를 파악해서 항로를 이탈하지 않도록 안내해 줘. 가능하겠어?"

나침반과 좌표계가 모두 망가진 현 상황에서 육지로 가는 길은 외부의 도움을 받아 직접 크루즈를 움직이는 것뿐이었다.

물론 이와 같은 생각을 구조대에게 말했다면, 단번에 정신병자 취급을 받았을 것이다.

아니, 그런 취급은 지금 이 자리에서도 마찬가지였다.

"정훈아, 지금 무슨 소리를 하는 거야?"

"한정훈!"

"너 제정신이야?"

뒤쪽에서 통화를 듣고 있던 강대호와 송선미가 자리에서 벌떡 일어섰다.

그들뿐만 아니라 이혜인과 문철주, 신소연 역시 어이가 없다는 표정을 짓고 있었다.

신소연이 자리에서 일어나 얼굴의 눈물 자국을 지우며 말했다.

"이, 이상한 짓 하지 마. 구조대에 전화했으니까, 그냥 얌전히 구조대를 기다리자."

일반적인 상황이라면, 신소연의 말이 백번 옳았다. 하지만 지금은 일반적인 상황이 아니었다.

"구조대가 언제 올 줄 알고?"

"그게 무슨 소리야?"

"아까도 얘기했지만, 이렇게 기상이 악화된 바다에서 구조대가 움직일 가능성은 아주 희박해."

차분한 목소리로 현실적인 사실을 말했지만, 말이 끝나기 무섭게 앉아 있던 이혜인이 버럭 소리를 질렀다.

"아니야! 아빠가…… 아빠가 꼭 구조대를 보내 줄 거라고 했어. 그러니까 얌전히 배에서 기다리라고 했단 말이야!"

나는 무심한 눈동자로 소리를 지른 이혜인을 쳐다봤다.

내키지는 않지만, 이들에게 당면한 현실을 조금은 일깨워 줄 필요성이 있었다.

"그럼, 어느 부모가 자식한테 포기하라고 하겠어?"

"뭐, 뭐?"

"부모의 마음이라면, 구조대가 아니라 자신이 직접 헤엄을 쳐서라도 자식을 구하고 싶을 거야. 그게 부모니까. 하지만 말이야."

잠시 말을 멈추고 주변을 둘러봤다.

"그런 부모의 마음을 가지고 우리를 구하러 오는 구조대역시 누군가에는 소중한 가족이고 부모야. 우리가 살자고 그들이 무리한 구조 작업을 하게 만들어서는 안 돼."

"그게 무슨 소리야! 그 사람들은 그게 일이고 직업인데!"

이혜인이 반박했지만 난 고개를 흔들었다.

"세상에 희생을 강요해도 되는 직업 따위는 없어."

9·11 테러와 KV 백화점 붕괴 현장에서 나는 숱한 죽음을 마주했다.

그리고 그 죽음 속에는 상당수의 소방관들도 포함되어 있었다.

그들은 얼굴 한 번 본 적 없는 생명부지의 타인을 구하기 위해 자신의 모든 것을 걸었다. 목숨까지 말이다.

물론 그 소방관들의 죽음이 결코 헛된 것은 아니었다. 그들의 희생이 있었기 때문에 수많은 생명을 구하는 것이 가능했다.

그렇기 때문에 많은 사람들은 항상 입을 모아 말한다. '고맙습니다.' 그리고 '감사합니다.' 라고.

하지만 이런 말들이 숭고한 희생을 치른 소방관의 가족과 친구들의 상처 입은 마음을 전부 치료해 줄 수 있는 것은 아니었다.

조금 전 이혜인이 말한 것처럼 누군가는 그게 그들의 일이라며, 당연시 생각하는 사람들이 있기 때문이다.

'웃기는 소리지.'

아까도 말했듯 이 세상에 희생을 강요해도 되는 직업 따위는 없다.

"······배는 운전할 줄 아는 거야?"

"이 정도 크기라면 문제없어."

강대호의 질문에 담담하게 대답했지만, 아이들의 두 눈에는 두려움과 불신이 여전했다.

"정, 정훈아. 그냥 구조대를 기다리는 게 좋지 않을까? 괜히 상황만 더 안 좋아지면 어떡해?"

눈치를 살피던 문철주가 조심스럽게 입을 열었다.

그뿐만 아니라 대부분의 아이들은 같은 생각을 하고 있었다.

[에이션트 원, 준비되셨습니까?]

휴대폰을 통해 나이트의 목소리가 들려올 때였다.

쿵—

또 한차례 거대한 충격이 크루즈의 선체를 흔들었다. 곳곳에서 흘러나오는 비명소리를 뒤로 하고 내 시선은 박연을 향했다.

'이제는 정말 시간이 없다.'

그 사이 박연의 얼굴은 더욱 창백해져 있었다. 아이들의 말처럼 구조대를 기다리다 보면, 박연은 정말 삼도천을 건너게 될 것이다.

충분히 할 수 있는 일이 있는데, 아무것도 하지 않고 그리

내버려 둘 수는 없는 노릇이었다.

꽈악–

몸을 돌려 크루즈의 키를 단단히 잡고는 말했다.

"나이트, 지금부터 실시간으로 위치를 추적해서 길을 알려줘. 이제 너만 믿는다."

협재항.

구조대원을 이끌고 항구로 향한 제주도 안전센터장 최찬호 소방경은 눈앞에서 몰아치는 거센 파도에 입술을 깨물었다.

"……이 정도로 기상이 안 좋을 줄이야."

앞서 현재 바다 상황에 대해서 보고를 받긴 했다. 하지만 서류로 받는 것과 눈으로 직접 보는 것은 천지차이였다.

"센터장님, 이대로 바다에 나가는 건 자살 행위입니다. 상부의 지시가 있었다고는 하지만, 이런 상황 속에서 배의 출항을 감행했다가는 항구를 빠져나가기 무섭게 전복되고 말 겁니다. 헬기 역시 마찬가지입니다."

최찬호의 옆에서 말을 거는 사내는 제주 해양 경비단 단장 이홍범이었다.

최찬호가 무거운 얼굴로 고개를 끄덕이고는 시선을 이홍
범에게로 돌렸다.

"단장님, 저도 알고 있습니다. 하지만 그래도 구조대를
보내야 합니다."

"예, 물론 그렇지요. 하지만 현실적으로 생각해야 합니
다. 지금 우리 애들을 저 바다로 보냈다가는 산 제물을 바
치는 거나 다름없습니다. 저 파도 보이십니까? 저 상황에
서 배가 전복되면, 망망대해로 떠밀려가서 시신도 못 찾습
니다."

최찬호 역시 산전수전을 다 겪은 베테랑 소방관이었지
만, 그건 해양 경비단의 단장인 이홍범 역시 마찬가지였다.

아니, 오히려 바다에 관해서라면 이 단장이 한 수 위라고
할 수 있었다.

"일단은 비가 조금이라도 멎기를 기다리시죠. 비만 조금
줄어들면 헬기는 바로 띄울 수 있습니다. 이미 준비도 모두
마친 상태입니다."

"……."

이홍범이 현실적인 대안을 내놨다. 하지만 하늘에서 내
리는 비는 시간이 지날수록 빗방울이 더욱 굵어지고 있었
다.

최찬호가 방법을 찾기 위해 입술을 잘근잘근 깨물고 있
을 때였다.

협재항의 부두를 따라 택시 한 대가 물보라를 뿌리며 달려왔다.

끼익-

브레이크를 걸며 택시가 멈춰 섰다.

착-

열린 뒷문 사이로 검은색 우산을 펼치며 하얀 가운을 입은 사내가 내렸다.

이제 30대 초반 정도 됐을까?

펑퍼짐한 몸매에 유난히 피로한 얼굴을 지녔지만, 눈빛만큼은 보는 이로 하여금 믿음이 절로 생길 정도로 정광이 형형했다.

"와! 비 한번 엄청 오네."

"태민아!"

최찬호 소방경 뒤에 서 있던 주정민 소방사가 깜짝 놀라며, 택시에서 내린 사내를 향해 뛰어갔다.

그는 안전센터에서 주정민이 거론 했던 제주 병원의 흉부외과 레지던트 김태민이었다.

"너 오늘 당직이라고 하지 않았어? 여긴 어떻게 온 거야?"

주정민의 당황스러운 물음에 김태민이 씩 웃으며 어깨를 으쓱거렸다.

"어떻게 오긴. 부랄 친구가 도와달라는데 당직이 대수냐?

더군다나 사람을 구하는 일인데, 의사가 돼서 모른 척할 수
야 없지."

"너……."

"그냥 온 거 아니야. 교수님에게는 허락 받았으니까 걱
정할 거 없다. 그나저나……."

김태민이 거세게 몰아치는 파도와 굵은 빗줄기를 바라보
며 굳은 얼굴로 중얼거렸다.

"날씨가 이래서 바다로 나갈 수 있겠어?"

"그래서 지금 센터장님랑 단장님이 논의 중이야."

주정민의 설명에 김태민이 고개를 끄덕였다.

그리고 그사이 이홍범과 대화를 나누고 있던 최찬호가
두 사람에게로 걸어왔다.

저벅저벅―

"주정민 소방사, 이 분은?"

"제가 센터에서 말씀드렸던 제주 병원 흉부외과 레지던
트 김태민 선생입니다."

"아! 자네 친구라고 했던?"

"네, 그렇습니다."

고개를 끄덕인 최찬호가 김태민의 앞으로 걸어가더니 오
른손을 내밀었다.

"이렇게 와 주셔서 감사합니다. 저는 제주 안전센터장
최찬호 소방경입니다."

"제주 병원 흉부외과 소속 레지던트 김태민입니다."

최찬호와 악수를 나눈 김태민이 이어 말했다.

"상황은 이미 전화로 들었습니다. 현재 조난자 명단에 있는 사람 중 박연 할아버지는 저희 병원에서 심장 질환으로 치료를 받은 기록이 있더군요."

"그렇습니까?"

"네, 그리고 지금 날씨를 보니 당장 구조에 나서기는 어려운 상황 같은데, 구조를 기다리고 있는 사람들과 통화가 가능할까요? 아무래도 환자의 상태를 직접 듣는 쪽이 향후 치료 방안을 마련하기에 용이할 것 같습니다."

일리가 있는 말이었다.

최찬호가 고개를 끄덕였다.

"다행히 전화 통화 연결은 가능합니다. 주정민 소방사!"

"네, 센터장님."

"자네가 김태민 선생을 서포트 해주게. 당장 배와 헬기를 띄울 수 없는 상황이니, 현재로서는 김태민 선생의 말대로 하는 것이 최선인 것 같네."

최찬호가 무거운 눈빛으로 바다를 향해 시선을 돌렸다.

그리고 그 뒤를 따라 주정민과 김태민 역시 굳어진 표정으로 빗줄기 속 몰아치는 성난 파도를 쳐다봤다.

❖ ❖ ❖

같은 시각, 서울.

서래마을 자택에서는 이종원이 심각한 표정으로 휴대폰에 저장된 번호로 연신 전화를 걸고 있었다.

"……민 의원님, 안녕하십니까? 네, 저도 잘 지냅니다. 저기 다름이 아니라 정말 중요한 부탁이 있어서 전화를 드렸습니다. 지금 제 딸아이가 제주 바다에서 표류돼 구조를 기다리고 있는 상황입니다. 그런데 날씨가 좋지 않아 소방서와 경찰의 인력만으로는 구조 작업을 진행할 수 없다고 하더군요. 네네, 그때 인사드렸던 그 딸아이입니다. 저기 그래서 그런데 민 의원님께서 군인 출신 분들과 인연이 깊다고…… 아, 네. 아닙니다. 그렇게라도 신경 써 주셔서 감사합니다. 네, 살펴 들어가십시오."

뚝―

전화를 끊기 무섭게 맞은편에 앉아 있던 거구의 사내가 심각한 표정으로 입을 열었다.

"뭐라고 하던가?"

그는 송선미의 아버지이자 아테네 올림픽 금메달 메달리스트, 그리고 현 한국체육협회의 회장을 맡고 있는 태권도의 전설 송태산이었다.

"후우, 당장 선거가 코앞이라서 지금은 도와주기가 어렵

다고 하더군. 그래도 제주도 쪽에 전화 한 통은 넣어준다고
하네."

"뭐? 전화? 기가 막히는군."

이종원의 설명에 송태산이 헛웃음을 흘렸다.

지금 자신들이 제주도에 전화 한 통 넣을 능력이 없어서
이러고 있겠는가?

눈에 넣어도 아프지 않은 소중한 딸아이들이었다.

이미 자신들 선에서 움직일 수 있는 사람은 모두 움직인
상황이었다.

그럼에도 불구하고 현실적으로 구조 작업을 펼치기에는
역부족이었다.

그렇기 때문에 평소라면 절대 전화를 하지 않았을 사람
들에게조차 전화를 걸어 부탁을 하고 있는 것이다.

"자네 쪽은 어떤가? 그래도 체육협회 출신 중에는 군대
에 몸담았던 사람들이 꽤 있지 않은가?"

이종원의 물음에 송태산이 고개를 흔들었다.

"그래봐야 대부분 몸만 쓸 줄 알았던 친구들이라 높은
자리였던 사람들이 없네. 그나마 협회장 일을 하면서 알게
된 문체부 쪽 사람들에게 부탁을 하긴 했지만, 자네도 잘
알지 않나? 그 사람들, 자신들이랑 관계된 일이 아니면 크
게 신경 쓰는 타입이 아니야."

꽈악―

"빌어먹을!"

이종원이 으스러져라 주먹을 쥐었다.

지금까지 살면서 나름 성공한 삶을 살아왔다고 자부했다.

요식업계에서 나름의 명성도 얻었고, 최근에는 각종 TV 프로그램에 출현하면서 대중들에게도 이름을 제법 알렸다.

돈? 돈이야 이미 10년 전부터 3대 정도는 놀고먹어도 될 정도로 충분히 벌어뒀다.

하지만 지금과 같은 상황이 되니, 그간 자신의 자랑이라고 여겼던 것들이 하등의 쓸모가 없었다.

제발 구해달라는 이혜인의 목소리가 이종원의 귓가에 아직도 선명하게 남아 있었다.

그것은 송태산 또한 마찬가지였다.

한동안 이종원과 송태산 사이에는 아무런 말도 오가지 않았다.

그렇게 얼마의 시간이 지났을까?

벌떡-

무언가 결심을 한 이종원이 자리에서 일어섰다.

"……어디를 가려는 건가?"

"방송국에 갈 생각이네. 오늘 방송이 있네."

"뭐? 자네 지금 제정신인가?"

송태산이 황당한 얼굴로 이종원을 쳐다봤다.

그의 마음을 아는지 이종원이 굳은 표정으로 중얼거렸다.

"오늘 방송은 생방송이네."

"……!"

생방송이란 프로그램의 제작과 방송이 동시에 진행되는 방송이었다.

송태산이 설마 하는 표정을 지었다.

머릿속에 문득 떠오른 생각이 있었기 때문이었다.

"양 PD에게는 미안하지만, 난 절대 이대로 딸아이를 물고기 밥으로 만들 수 없네. 지푸라기가 됐든 뭐가 됐든, 잡을 수 있는 것은 뭐든 잡아서라도 반드시 살리고 말거네."

말을 마친 이종원이 겉옷을 챙겨들고는 거실을 벗어났다.

그리고 그 뒷모습을 바라보던 송태산 역시 이내 고민을 하다가 휴대폰에 저장되어 있는 0번을 눌렀다.

이종원의 말대로 자신들은 아버지였다. 자식을 위해서라면, 세상 모든 사람이 불가능하다고 말해도 그것을 가능하게 만드는 존재.

그것이 바로 아버지였다.

그리고 같은 시각. 서울 삼성동에 위치한 D.K 그룹의 회장실에도 사람들이 모여들기 시작했다.

벌컥!

"사고라니? 그게 대체 무슨 소리에요?"

사고 소식을 접하고 가장 먼저 찾아온 이는 모든 일정을 취소하고 돌아온 레이아였다.

앉아 있던 의자에서 일어난 안성우가 레이아에게 자리를 권하며 말했다.

"일단 앉지. 차는 뭐로 하겠어?"

"지금 차가 중요해요? 오면서 대충 얘기는 듣긴 했지만, 대체 어떻게 된 상황이에요?"

레이아가 소파에 앉자 그 맞은편에 자리를 잡은 안성우가 한숨을 내쉬었다.

"후우. 아마 들었던 그대로일거야. 에이션트 원께서 타고 계시는 배가 현재 제주 바다 위에서 표류 중이야."

"구조대는 당연히 출발했겠죠?"

레이아의 물음에 안성우가 고개를 끄덕였다. 그러나 표정만큼은 여전히 어두웠다.

"그렇긴 한데, 현재 제주도에 갑작스레 몰아친 비바람으로 인해 구조대도 별다른 조치를 취하지 못하고 있다더군."

레이아의 양 눈썹이 크게 꿈틀거렸다.

"아니, 비바람이 얼마나 심하길래 구조대가 못 움직여요? 설마 허리케인보다 더 큰 폭풍이라도 된단 말이에요?"

그녀의 의문은 당연했지만, 얘기를 듣는 안성우는 쓴웃음을 지었다.

같은 재난 상황이라고 해도 미국과 한국의 구조대가 움직이는 매뉴얼은 전혀 달랐다.

안성우와 오랜 시간 같이 일했다고 해도 미국에서 나고 자란 레이아의 사고방식은 전혀 다를 수밖에 없었다.

"레이아, 안타깝게도 한국은 구조대가 움직임에 있어 여러 가지 제약이 많아."

"그게 무슨 말도 안 되는 소리에요? 사람을 구조하는데 대체 무슨 제약이……."

"거기까지!"

레이아가 또 다시 반문하려고 하자 안성우가 단호한 목소리로 그녀의 말을 끊었다.

움찔거리며 몸을 떤 레이아가 입을 다물며 조심스레 안성우의 얼굴을 쳐다봤다.

"안?"

"지금은 내 고국의 형편없는 현실을 따질 때가 아니야. 우리가 의논해야 할 부분은 어떻게 해야 에이션트 원을 구할 수 있는 지야. 알아들었어?"

레이아가 고개를 끄덕였다.

"……미안해요. 제가 너무 흥분했던 것 같네요. 조금 전의 태도는 사과할게요."

잠시 레이아를 바라보던 안성우가 양 미간을 지그시 누르며, 고개를 흔들었다.

"후우, 오히려 흥분을 한 건 내 쪽이었던 것 같아. 에이션트 원이 사고를 당했다는 소식을 듣고 이곳저곳 전화를 돌렸지만, 하나 같이 어렵다는 소리들만 하고 있거든."

"혹시 국회의원들을 말하는 건가요?"

"맞아."

안성우는 일단 1차적으로 자신이 움직일 수 있는 정치인들을 움직이고자 했다. 하지만 당연히 움직일 것이라고 생각했던 사람들은 모두 난색을 표했다.

이유는 하나뿐이었다. 곧 다가올 선거 때문이었다.

평상시에는 가볍게 넘어갈 수 있는 문제도 선거철에는 국민적으로 화제가 되어 자칫하면 발목을 잡힐 수가 있었다.

이 때문에 그들에게 있어서 지금은 그저 아무것도 하지 않고 납작 엎드리는 것이 최선이었다. 그래야지만, 향후 있을 선거에서 유리하지는 않을지언정 불리함을 미연에 방지할 수 있기 때문이다.

안성우의 얘기를 들은 레이아가 어이가 없다는 표정을 지었다.

"하! 그들이 지금 제정신이에요? 그놈들이 우리한테 받아간 돈이 얼마인데!"

로마에 가면 로마의 법을 따르라고 했다.

비록 D.K 그룹이 미국계 기업이라고는 하지만, 대한민국에 진출한 이상 기존에 있는 질서와 생태계를 무시할 수는 없는 법이었다.

당연히 후원이라는 명목으로 상당수의 국회의원들을 지원해왔다. 개중에는 이름만 대면 알 만한 사람부터 아직은 새싹이라 할 수 있는 사람들도 다수 존재했다.

하지만 그들은 모두 도와달라는 안성우의 전화에 난색을 표했다.

"그래서 안은 어떻게 할 생각이에요?"

"일단 에이션트 원께서는 나이트와 연결을 해달라고 했네. 이후의 상황은 나이트를 통해서 진행될 거야."

레이아 역시 나이트의 정체에 대해서는 대략적으로 알고 있었다.

하지만 정확히 나이트가 어느 정도의 능력을 가졌는지에 대해서는 알지 못했다.

레이아가 생각하는 나이트의 수준은 현 시점에서 압도적으로 뛰어난 성능을 지닌 컴퓨터였다.

이는 언젠가 나타날 수도 있는 에이션트 원을 위해 안성우가 레이아에게도 자세히 말하지 않았기 때문이다.

"그래서 이대로 그냥 지켜보겠다는 말은 아니죠? 만약 그런 거라면 저라도……."

똑- 똑-

레이아의 말이 끝나기 전에 회장실 문 밖에서 노크 소리가 들려왔다.

그녀가 반사적으로 문을 향해 고개를 돌리자 안성우가 입을 열며, 나지막한 목소리로 말했다.

"들어오게."

끼익-

문이 열리며 모습을 들어 낸 사람은 깔끔한 푸른 계열의 슈트를 입은 세 명의 남자였다.

하지만 세 사람의 연령대는 극명하게 차이가 났다.

가장 앞서 들어오는 사람은 50대 정도로 보였지만, 그 뒤를 따르는 두 명의 사내는 많이 처줘도 30대 중반으로밖에 보이지 않았다.

"회장님, 오랜만에 뵙습니다."

가장 선두에 서 있던 50대의 사내가 안성우를 확인하고는 가볍게 고개를 숙였다.

그 모습에 레이아가 고개를 갸웃거리며 조용한 목소리로 물었다.

"저 사람들 누구예요?"

"게이트(gate)."

"……!"

게이트라는 단어를 듣는 순간 레이아의 눈이 크게 떠졌다.

안성우가 한국에 D.K 그룹의 지사를 처음 설립할 무렵 가장 먼저 창설한 팀의 이름이 게이트였다.

하지만 단지 만들었다는 것만 들었을 뿐, 지금까지 그 팀이 무슨 일을 하고 있는지는 그룹의 부회장인 레이아조차 알지 못했다. 모든 보고와 결재가 안성우 직속으로 이뤄졌기 때문이었다.

"게이트 팀이 하는 일은 대한민국에서 알려지지 않은 정보를 수집하는 것이야. 엄밀히 말하면, 정보 중에서도 아날로그 정보라고 할 수 있지."

"아날로그 정보요?"

"아무리 세상이 네트워크 시대라고는 하지만, 오랫동안 권력의 정점에 군림해 온 사람들 중에는 아직까지 아날로그를 선호하는 사람들이 많아. 예를 들면, USB를 통해 저장할 수 있는 간단한 문서를 굳이 메모지에 적어 보관하는 거지. 일견 보기에는 세상에 뒤떨어진 구시대적인 행동이라고 생각할 수 있지만, 다른 관점에서 보면 그들에게는 오히려 아주 안전한 저장 방법인거야."

"자신이 쉽게 통제할 수 있고 또 해킹에서 자유롭기 때문이겠죠."

레이아의 답변에 안성우가 고개를 끄덕였다.

실력 있는 해커는 컴퓨터 한 대만 있어도 자신이 원하는 모든 정보를 수집할 수가 있다.

방안에만 있어도 네트워크라는 이름 아래 전 세계에서 일어나는 일들을 실시간으로 주고받을 수 있기 때문이다.

하지만 세상 최고의 해커 혹은 인공지능이라 할지라도, 길을 걸어가는 초등학생의 일기장에 적힌 첫 문구와 같은 내용은 알 수가 없는 법이다.

게이트 팀은 바로 이런 아날로그 형태로 기록된 정보를 수집하고 보관하는 D.K 그룹의 특별 부서였다.

"정 국장님, 이렇게 직접 얼굴을 뵙는 건 오랜만이네요. 신 기자랑 그리고 이 기자도요. 자, 그렇게 서 계시지 말고 자리에 앉으세요. 이쪽은 그룹의 부회장인 레이아입니다."

"처음 뵙겠습니다. 정종필이라고 합니다. 편하게 정 국장이라고 부르세요."

"신차현입니다."

"이세진입니다."

정종필에 이어서 신차현과 이세진이 레이아에게 인사를 건네고는 소파로 다가와서 자리에 앉았다.

세 사람의 모습을 유심히 살펴보던 레이아가 정종필이라는 이름을 듣고는 짤막하게 탄성을 내질렀다.

"아! 혹시 한국일보의 정 국장님 아니신가요?"

한국일보는 대한민국에서 가장 공신력 있기로 소문이 나 있는 신문사였다.

레이아의 질문에 소파에 앉은 정종필이 너털웃음을 지었다.

"허허, 아직도 제 이름을 기억하시는 분이 있으시군요. 맞습니다. 한때 한국일보에서 국장을 지냈던 적이 있습니다."

"당연히 기억할 수밖에요! 10년 전, 국장의 신분으로 당시 대한민국 재계 서열 8위였던 세경 그룹의 비자금을 폭로하신 분이잖아요? 그런데 그때 사고로 식물인간이 되셨다는 기사를 봤는데, 대체 어떻게 된 거예요?"

"얘기 하자면 조금 깁니다. 일단 그 얘기는 나중에 부회장님과 같이 소주라도 한잔 하면서 들려드리도록 하죠. 그보다 회장님, 전화로 말씀하셨던 서류들입니다."

정종필의 말이 끝나자 이세진이 옆구리에 끼고 있던 두꺼운 서류 뭉치를 탁자 위에 올려놓았다.

레이아가 호기심 어린 눈동자로 서류 뭉치를 바라볼 무렵.

안성우가 담담한 표정으로 말했다.

"이거면 제가 말했던 사람들 옷 벗기는 데는 충분합니까?"

정종필이 고개를 끄덕였다.

"물론입니다. 옷을 벗기는 건 물론 모두 별 하나씩은 추가로 달아야 할 겁니다."

"대체 저 서류가 뭐…… 음?"

슬쩍 손을 뻗어 탁자 위에 놓인 서류 뭉치의 첫 페이지를 확인한 레이아가 흠칫 놀랐다.

첫 페이지에는 다수의 이름이 적혀 있었는데, 개중에는 레이아가 익히 아는 이름도 여럿 있었다.

그들의 공통점은 모두 D.K 그룹의 후원을 한 번이라도 받은 정치인이라는 점이었다.

"안, 이거 설마?"

"정작 필요로 할 때 도움이 되지 못하는 인간들과 계속 함께 갈 필요는 없지 않겠어?"

"……."

레이아는 입을 다물었다. 동시에 그간 잊고 있던 사실 하나가 기억 속에서 떠올랐다.

에이션트 원을 만난 이후 계속 사람 좋은 모습을 보이긴 했지만, 미국에서 한창 사업을 확장할 무렵 안성우의 별명은 킬러였다.

목표로 한 건 반드시 취하고, 시간이 얼마가 걸리든지 적이 된 상대를 반드시 무너트렸기 때문이었다.

'맞아. 안은 원래 이런 사람이었지.'

레이아가 잠시 과거의 안성우를 떠올렸다가 고개를 흔들

었다. 지금은 과거의 추억에 사로잡혀 있을 때가 아니다. 그보다 앞서 해결해야 할 문제들이 산더미였다.

"안, 그들에게 대가를 치르게 하는 건 찬성이에요. 하지만 지금의 행동은 에이션트 원을 구하는 것과는 상관이 없잖아요?"

"자네 말대로야."

안성우는 순순히 레이아의 말을 인정했다. 지금의 행동은 단순히 본보기를 만드는 것에 지나지 않았다.

"하지만 걱정할 것 없어. 진짜로 움직일 카드는 따로 있으니까."

똑– 똑–

노크와 함께 문밖에서 들려오는 목소리에는 현재의 상황을 180도 반전시킬 답이 들어 있었다.

"회장님, 지금 로비에 비서실장께서 방문하셨다고 합니다. 어떻게 할까요?"

비서실장이라는 이름이 흘러나오자 안성우 주위에 모여 있던 사람들이 모두 흠칫하는 표정을 지었다.

비서실장. 흔히 권력의 정점에 오른 사람을 모시는 2인자들이 가지게 되는 직책이다.

그렇다면 과연 현 시점에서 과연 어떤 권력을 지닌 사람의 2인자가 안성우를 찾아온 것일까?

국회의원? 재벌?

머릿속에 한 명, 한 명 떠올리던 레이아의 두 눈이 부릅 떠졌다.

"서, 설마 청와대에서 나온 건가요? 대체 어떻게요?"

그녀의 질문과 함께 자리에 있던 세 사람의 시선이 안성 우에게로 향했다. 그들의 얼굴에 떠오른 궁금증은 모두 진 실 된 답을 구하고 있었다.

안성우가 처음과 다름없는 무덤덤한 얼굴로 물 한 모금 을 들이켰다.

"청와대에서 나온 게 맞아."

"대체 어떻게요?"

"접는다고 했거든."

"네?"

"D.K 그룹이 한국에서 진행하고 있는 모든 사업. 당장 군대가 됐든 뭐가 됐든 움직여서 에이션트 원의 구조 작업 에 나서지 않으면, 몽땅 접고 미국으로 돌아간다고 말했 어."

"아, 안?"

이번만큼은 레이아도 당황할 수밖에 없었다.

대한민국에서 D.K 그룹이라는 이름을 걸고 일하고 있는 근로자의 수만 이만 명에 육박한다. 물론 그 숫자에는 미국 본사에서 파견을 나온 사람들도 포함되어 있었다.

하지만 그래봐야 전 직원 수에 비교하자면, 2% 남짓이었다.

나머지 98% 이상의 국적은 대한민국이며, 그들은 D.K 그룹이 한국에서 철수할 경우 대다수가 실업자가 될 것이다.

그들이 책임지고 있는 가족의 숫자까지 감안한다면, 이는 결코 단순하게 넘어갈 수 있는 문제가 아니었다.

레이아가 심각한 얼굴로 말했다.

"지금 안의 기분이 어떤지는 잘 알겠어요. 하지만 이런 식의 방향은 에이션트 원이 바라는 게 아니라는 걸 잘 알잖아요? 애초에 스스로 준비가 되기 전까지는 전면에 나서지 않겠다고 선언한 사람이 바로 에이션트 원이에요. 그런데 이런 식으로 나서 버리면, 분명 주변에서 이상함을 느끼고 에이션트 원에 대한 조사를 시작할 게 분명해요. 우리라고 해서 언제까지 모든 정보를 차단할 수 있는 건……."

말을 이어나가던 레이아가 순간 '아차' 하는 표정을 지으며, 정종필을 비롯한 게이트 팀의 사람들을 쳐다봤다.

그 모습에 정종필이 고개를 흔들었다.

"걱정하실 필요 없습니다. 개인적으로 흥미를 느낄 수는 있겠지만, 오늘 이 자리에서 들은 얘기는 저 문을 걸어 나가는 순간 저희 기억 속에서 지워질 겁니다."

"믿을게요."

고개를 끄덕인 레이아의 시선이 다시 안성우에게로 향했다. 안성우가 그런 그녀를 마주보며 말했다.

"죽으면 아무런 소용이 없어."

"네?"

"레이아, 예전에 내가 말했지. 어린 시절 아버지가 나에게 이런 얘기를 했다고 말이야. 죽은 사람에게 미래는 전해지지 않는다. 다가오는 미래를 받아들일 수 있는 건 지금 살아가고 있는 사람뿐이다. 에이션트 원께서도 물론 미래에 대한 계획이 있으시겠지. 하지만 돌아가시고 난 뒤에는 그게 무슨 의미가 있겠어?"

"……"

안성우의 설명에 레이아는 더는 말을 할 수가 없었다.

아니, 이성적으로는 지금 이 자리에서 일어나서 당장 묻고 싶었다.

'대체 당신에게 에이션트 원이 어떤 존재인거죠?'

확실히 파면 팔수록 신기하고 대단한 사람이긴 하다.

하지만 과연 지금까지 이뤘던 모든 것을 포기하고, 수많은 사람들의 눈에서 피눈물을 흘리게 하면서까지 구할 가치가 있는 사람일까?

그녀가 혼란스러움을 느끼고 있을 무렵, 안성우가 처음과 별반 다름없는 표정으로 문 밖을 향해 외쳤다.

"김 비서! 로비에 계신 비서실장에게 전하게. 만약 내가 말했던 분이 잘못되면, D.K 그룹은 두 번 다시 한국 땅을 밟지 않는 것은 물론 그 어떤 수단과 방법을 동원해서라도 현 정부에 대한 공격을 멈추지 않을 거라고 말이야."

"네, 네?"

문 밖에서 당황한 목소리가 흘러 나왔다.

"그리고 추가로 이 말도 전해주게. 우리가 기다릴 수 있는 시간은 30분. 만약 이 시간 안에 요구를 들어 주지 않는다면, 우린 바로 국내 철수에 대한 기자 회견을 시작할 것이네. 알아들었나?"

"……알겠습니다. 그렇게 전하도록 하겠습니다."

꿀꺽-

안성우의 말이 끝나기 무섭게 회장실 안에 있는 사람들은 자신도 모르게 입안에 고여 있던 침을 삼켰다.

이쯤 되면 그들도 인정할 수밖에 없었다.

만약 정부에서 안성우의 제안을 거절한다면, 당장 내일 아침 신문, 아니 석간신문의 1면을 장식하는 건 D.K 그룹 국내 철수가 될 것이라는 사실을 말이다.

Chapter 83. 선택의 기로

[말씀드린 방향에서 벗어나고 있습니다. 현재 방향에서 좌현으로 30도 움직여야 합니다.]

휴대폰을 통해 나이트의 음성이 귓가를 찔러 왔다.

하지만 변함이 없는 나이트의 음성과는 달리 이미 내 전신은 땀이 흘러나오다 못해 온몸을 적시고 있었다.

"……크윽."

있는 힘껏 양손으로 잡은 키를 나이트가 말한 방향으로 돌렸다.

그러나 크루즈의 키는 마치 고정이라도 된 것처럼 꿈쩍도 하지 않았다.

그럴수록 양 팔의 근육이 터질듯 부풀어 올랐다.

이미 평범한 사람의 신체 능력을 뛰어넘은 지 오래였지만, 자연 재해 앞에서는 인간을 초월한 능력도 미비하기 짝이 없었다.

빠득―

앙다문 입술 사이로 이가 갈리는 소리가 흘러나왔다.

동시에 꿈쩍도 하지 않던 키가 삐걱거리며, 조금씩 움직이기 시작했다.

[좋습니다. 그대로 방향을 유지하세요.]

"하아……하아……."

살짝 벌려진 입가 사이로 단내 섞인 숨이 토해져 나왔다.

'이거 버틸 수 있을까?'

부들거리는 팔에 억지로 힘을 줘서 버티고 있지만, 사람인 이상 언제까지 같은 체력을 유지할 수는 없었다.

'젠장, 자동항로 장치만 망가지지 않았어도.'

과거의 사람인 마이클 도먼의 기억에는 없지만, 나이트를 통해서 알게 된 사실에 의하면 최근 제작된 선박에는 비행기와 마찬가지로 자동항로 장치가 탑재되어 있다고 했다.

자동항로 장치란, 설정한 좌표를 목적지로 삼아 배가 스스로 움직이는 기계 장치였다.

만약 자동항로 장치만 정상이라면, 나이트는 자신이 직접 그 장치를 해킹해서 배를 인근의 항구까지 운항하는 것이 가능하다고 알려줬다.

하지만 엎친 데 덮친 격으로, 확인결과 좌표계에 이어서 자동항로 장치까지 이미 고장이 난 상태였다.

결국, 현 상황에서 취할 수 있는 방법은 처음과 마찬가지로 구조대를 기다리거나 직접 배의 키를 잡아 항구로 가는 수밖에 없었다.

또르르–

땀 한 방울이 이마를 타고 흘러내릴 때였다.

스윽–

하얗고 고운 손에 들린 손수건이 내밀어지며, 이마에서 흘러내리는 땀을 닦아 내었다.

"……!"

손수건의 주인공은 다름 아닌 신소연이었다.

이마를 비롯해 얼굴 곳곳에 묻은 땀을 닦아내며 그녀가 말했다.

"……우리 정말 괜찮은 거지?"

애써 담담한 척 묻고 있었지만, 목소리에서는 진한 떨림이 전해져 왔다.

'오랜만에 듣는 소리네.'

신소연의 질문은 지난 구조 현장에서 수없이 들어왔던 질문이었다.

그리고 그때마다 난 한결 같은 대답을 했다.

"날 믿어."

길게 말할 이유도 필요도 없다.

위기의 상황에서 지나치게 긴 말과 설명은 오히려 상대방에게 불안함과 의심을 심어 줄 뿐이었다.

혹시 상황이 좋지 않은 것인데, 이 사람이 날 설득하고 안정시키기 위해 이런 말을 하는 것이 아닌가 하고 말이다.

이런 상황일수록 오히려 무덤덤하지만, 단호한 한마디가 듣는 사람에게는 힘이 되었다.

"응! 믿을게."

대답을 들은 신소연이 조금은 풀어진 얼굴로 고개를 크게 끄덕였다.

[에이션트 원, 우현으로 20도입니다.]

휴대폰을 통해 다시 나이트의 목소리가 들려왔다.

재빨리 잡고 있는 키에 힘을 주자 이미 부풀어 오를 대로 부푼 팔의 근육이 또 한 번 꿈틀거렸다.

으득―

좀 전까지 미소가 생겼던 입가에는 또 다시 이가 맞물리는 소리가 흘러 나왔다.

"정훈아, 이거 이쪽으로 돌리면 되는 거야"

"우현이니까 오른쪽 맞지?"

키를 잡은 손 위로 구릿빛 손들이 하나둘 포개졌다.

손의 주인공은 강대호와 문철주였다.

"너희들······"

내가 놀란 눈으로 쳐다보자 두 사람이 씩 웃었다.

"우리 친구 아이가?"

"끝날 때까지 끝난 게 아니지."

각자 영화의 명대사를 한마디씩 두 사람이 함께 잡고 있던 키를 오른쪽으로 돌리기 시작했다.

그 모습에 나 역시 다시 호흡을 고르고는 다시 키를 잡은 양 팔에 힘을 주기 시작했다.

"으, 으아아!"

"돌아가라! 돌아가!"

키를 돌리기 시작한 두 사람의 입에서도 악에 받친 비명 소리가 토해져 나왔다.

세 사람, 도합 여섯 개의 손이 오른쪽으로 키를 돌리기 위해 젖 먹던 힘까지 짜 내었다.

콰득— 콰득—

"움직여라."

간절한 마음이 하늘에 닿은 것일까?

끼익-

놀랍게도 꿈쩍도 하지 않던 키가 서서히 오른쪽으로 움직이기 시작했다.

[방향이 정상적으로 수정되었습니다. 다른 안내가 있을 때까지 현재 상태를 유지하시기 바랍니다.]

나이트의 목소리가 선교에 모여 있는 사람들의 귓가를 찔러왔다.

동시에 뒤쪽에서 숨죽여 상황을 지켜보던 이혜인이 안도의 한숨을 토해냈다.

"후우."

"이제 좀 괜찮아?"

옆에서 계속 이혜인을 보살피던 송선미가 물었다.

이혜인이 고개를 끄덕였다.

"응, 많이 좋아졌어. 그런데 선미야, 너도 너희 아버지에게 연락 왔지?"

주변의 눈치를 보던 이혜인이 바로 옆에 있는 송선미만 들릴 정도로 아주 작은 목소리로 말했다.

물론 그 목소리는 토씨 하나 빠지지 않고 내 귓가에 고스란히 들려왔다.

비록 대다수의 신경이 키를 잡는 것에 가 있다고는 하지만, 만일의 상황을 대비해서 박연과 아이들의 행동 및 대화에도 집중을 하고 있었다.

"……상황이 생각보다 좋지 않다고 하셨어."

송선미가 아버지 송태산에게 받은 문자의 내용과 이혜인이 이종원에게 받은 연락의 내용에는 큰 차이가 없었다.

기상 악화로 인해 구조대가 움직이지 못하고 있으니, 만일의 상황을 대비해서 구명조끼를 비롯해 위급 상황에서 사용할 수 있는 물건들을 최대한 확보해 두라는 연락이었다.

만약 이와 같은 문자가 바다에서 조난을 당한 직후에 도착했다면, 이혜인은 분노와 공포로 인해 기절을 하거나 감정을 외부로 표출했을 것이다

하지만 사람은 적응의 동물이라고 했다.

아무리 다급하고 위험한 상황이라고 해도 비슷한 상황에서 계속 머물다 보면, 차츰 안정을 찾고 이성적인 생각을 하기 마련이었다.

특히 생존에 대한 욕구가 강한 사람이라면, 평상시에는 전혀 볼 수 없는 내면에 감춰진 성격이 들어나기 마련이었다.

"……선교 옆에 있는 방으로 가면, 예비용으로 구명조끼 몇 개가 더 있을 거야. 일단 그거랑 선반을 열면 먹을 게 좀

있거든? 그것도 좀 가지고 와줘."

"……."

이혜인의 부탁에 송선미가 지그시 그녀를 쳐다봤다.

이혜인이 그런 송선미를 보며 답답하다는 어투로 말했다.

"뭐하고 있어? 아까 쟤 얘기 들었잖아. 파도 때문에 배가 뒤집힐 수도 있다고. 구조대도 출발하지 못하고 있는데, 만약을 대비해야지. 아니면, 너 이대로 두 손 놓고 있을 생각이야?"

"……."

말없이 이혜인을 바라보던 송선미가 고개를 흔들고는 이내 자리에서 일어났다.

그런 송선미를 보며 이혜인이 아무렇지도 않다는 식으로 말을 이었다.

"최대한 많이 챙겨와."

송선미가 선교를 벗어나 옆에 있는 방으로 향하자 두 사람에 대해 집중하는 것을 멈췄다.

'구명조끼 몇 개로 해결할 수 있는 상황이라면, 애초에 지금과 같은 방법을 선택하지도 않았다.'

이혜인은 성난 바다에 대해서 아무것도 모른다.

지금과 같은 상황에서 구명조끼 몇 개를 더 가지고 있다 한들 계란으로 바위치기에 불과했다.

하지만 굳이 이런 사실을 알려줘서 애써 다스리기 시작한 마음을 들쑤실 필요는 없었다.

다시금 시선을 휴대폰으로 돌렸다.

"나이트, 앞으로 얼마 정도 남았지?"

[지금과 같은 속도를 유지할 경우, 대략 30분 정도 후에는 구조대가 접근 가능한 지역까지 이동할 수 있을 겁니다.]

"30분이란 말이지."

키를 잡기는 했지만, 애초에 크루즈를 끌고 항구까지 직접 가는 것은 무리였다.

아무리 내게 나이트의 도움과 마이클 도먼의 항해 기술이 있다고 해도 그건 변하지 않는 사실이었다.

'기상이 최악이라고 해도 구조대가 언제까지 손을 놓고 있지는 않을 거다. 그들 역시 최소한의 시도는 해볼 게 분명해. 그리고 그때 서로간의 거리가 예상보다 가깝다는 걸 알면, 단 한 번에 지금의 흐름을 바꿀 수 있다.'

소방관이라고 해도 사람이다.

그들이라고 사람을 구하기 위해 언제나 감정적으로 움직이는 것은 아니었다.

오히려 그 누구보다 이성적이고 냉철하게 움직이는 것이 바로 소방관이란 존재다.

감정에 취해서 움직였다가는 자신은 물론 구조 대상 또한 위험에 빠트릴 수 있기 때문이었다.

하지만 이런 그들도 감정이 동해서 의욕을 불태울 때가 있다.

그건 바로 불가능하다고 생각했던 상황에서 일말의 희망이 생겼을 때였다.

기상 악화로 인해 현재 헬기와 배가 움직일 수 없는 상황이다.

그런데 자신들이 판단했던 것보다 구조 대상의 거리가 가까워지면 어떨까?

300km의 거리가 150km.

그리고 다시 100km가 되는 순간 그들의 머릿속에 드는 생각은 분명 이 정도면 해 볼 만하다는 판단일 것이다.

그러기 위해서 지금 나는 무리를 해서라도 배의 키를 잡고 있는 것이다.

"후우, 후우. 너희들 내 촉 좋은 거 알고 있지?"

잠시 숨을 고르던 강대호가 이마의 땀을 손으로 쓸어내리며 말했다.

"뜬금없이 그게 무슨 소리야?"

"이제 와서 밝히는 건데. 나 수능 때 외국어 영역 연달아 다섯 개 찍은 게 맞아서 한국대학교 들어왔다. 만약 그거 틀렸으면, 너희들 만나지도 못했을 걸?"

뜬금없는 강대호의 말에 문철주가 퉁명스러운 표정을 지었다.

"너 바보냐! 그럼, 그때 차라리 문제를 틀렸어야지. 그래야 이런 상황도 안 겪었을 거 아니야?"

"아니. 내 촉이 말하는데, 우린 모두 꼭 무사히 구조될 거다. 그리고 나중에 아들이나 딸에게 이렇게 말하게 될 거다. 아빠가 젊었을 적에 말이야. 풍랑이 몰아치는 바다 한가운데에서도 살아 왔다고 말이야. 아니, 너무 먼 미래까지 볼 필요도 없겠네. 혹시 알아? 당장 다음 주부터 방송국에서 우리가 겪은 이 상황을 듣고 싶어 인터뷰가 쏟아질 수도 있다."

"꿈도 크다. 네 얼굴로 인터뷰 해봐라. 당장 악플만 백만 개가 넘을 걸? 인터뷰를 한다면, 적어도 정훈이나 나 정도의 얼굴은 되어야지."

"……전부터 묻고 싶었는데. 너 거울은 보고 사냐? 혹시 집에 거울 없으면 내가 하나 사줄까?"

"뭐? 이 자식이!"

어느새 긴장이 풀렸는지 티격태격하는 두 사람의 모습에 내 입가에도 미소가 지어졌다.

분위기가 너무 풀어져서도 안 되겠지만, 이런 상황에서 너무 무거운 분위기는 자칫 의욕을 감소시킬 수 있었다.

그리고 이때는 나 역시 예상하지 못했다.

오늘의 일이 각자의 인생에 있어서 커다란 분기점이 될 거라는 사실을 말이다.

'제발 이대로만 가자.'

흐름이 점점 희망적으로 변해가고 있었지만, 예상치 못한 상황은 언제나 마음이 풀어지려는 순간 불쑥 찾아오는 법이었다.

"뭐야? 왜 아무것도 안 가지고 왔어!"

뒤쪽에서 이혜인의 날카로운 소리가 들려왔다.

그 목소리에 시선을 살짝 뒤로 돌리니, 빈손으로 돌아온 송선미가 서 있었다.

'표정이 왜 저러지?'

한 가지 이상한 것은 송선미가 짓고 있는 표정이었다.

그녀의 얼굴은 지금까지 한 번도 본 적이 없는 복잡하고 생각이 많은 얼굴이었다.

"야! 송선미!"

이혜인의 부름.

그러나 송선미는 대답하지 않았다.

그리고는 이내 이혜인을 지나쳐 내게로 걸어왔다.

저벅저벅–

무거운 발자국 소리.

그보다 더 무거운 목소리로 그녀가 말했다.

"봤어."

"응?"

"밖에서 신호탄이 쏘아져 올라오는 걸 봤어."

신호탄이라는 소리에 아이들이 고개를 갸웃거렸다.

제일 처음 반응을 한 것은 이혜인이었다.

자리에서 벌떡 일어선 그녀는 당장이라도 바깥으로 뛰어
나갈 것 같은 모습으로 목소리를 높였다.

"그거 구조대잖아! 어디야? 어느 방향에서 쏘아졌는데?"

"구조대가 아니야."

하지만 정작 내 생각은 달랐다.

구조대라면, 굳이 신호탄을 쏴서 자신의 위치를 알릴 필
요가 없다.

위치 확인을 위해서 그럴 가능성도 있지만 애초에 그럴 생
각이었다면, 우리에게 미리 그와 같은 사실을 알렸을 것이다.

그렇다면 지금과 같은 상황에서 생각해볼 수 있는 가능
성은 하나였다.

"그 신호탄 무슨 색이었어?"

"붉은 색."

머릿속이 차가워지는 기분이다. 붉은 색의 신호탄이라
면, 조난 신호가 분명했다.

"나이트, 혹시 이 주변에 우리 말고 다른 배가 있는지 확
인할 수 있어?"

[제주 안전센터에 구조 요청이 들어온 배는 써니호 뿐입니다. 하지만 주변 바다를 검색한 결과 배 한 척이 더 있습니다. 위성으로 촬영한 이미지를 보내 드릴까요?]

"보내줘."

말이 끝나기 무섭게 한 장의 사진이 휴대폰으로 전송됐다.

옆에 있던 강대호와 문철주는 물론 신소연과 이혜인, 송선미가 전송된 사진을 보기 위해 내 곁으로 모여들었다.

"이건……"

나이트가 보내준 한 장의 사진.

그 사진에는 한 척의 낚시 배가 거대한 풍랑과 싸우고 있는 모습이 담겨져 있었다.

"나이트, 우리가 위치한 곳과 저 배의 거리는?"

[5km 정도입니다.]

5km라면 멀지도 그렇다고 짧지도 않은 애매한 거리였다.

하지만 일단 그보다 큰 문제는 해당 배의 구조 요청이 제주 안전센터에 접수되지 않았다는 나이트의 말이었다.

"대호야, 아까 안전센터에서 알려준 번호로 전화 연결해봐."

"어? 아, 알았어."

강대호가 키에서 손을 떼고는 재빨리 휴대폰을 꺼내 전화를 걸었다.

몇 번의 신호음이 가더니, 이내 처음 전화를 받았던 소방사의 목소리가 흘러 나왔다.

[주정민 소방사입니다.]

"여기는 써니호입니다. 조금 전 일행이 해상에서 쏘아진 신호탄을 확인했는데, 혹시 이 근처에 저희 말고도 조난당한 다른 배가 있는 겁니까?"

[시, 신호탄이요? 그럴 리가. 혹시 잘못 보신 게 아닌가요? 인근 해상에서 구조 요청이 접수된 배는 현재 써니호밖에 없습니다.]

"……."

만약 나이트가 보낸 사진이 없었다면, 주정민 소방사의 말을 믿었을 것이다.

하지만 지금 내 휴대폰에는 위성을 통해 써니호 주변의 바다를 촬영한 사진이 있었다.

'다른 수가 없나.'

일초가 급한 상황에서 신호탄을 봤니 안 봤니 등을 가지고 입씨름을 할 여유는 없었다.

어째서 그 낚시 배가 안전센터에 구조 요청을 하지 않았는지는 모르지만, 그렇다고 알게 된 사실을 모른 척 숨기기에는 찝찝함이 남을 수밖에 없었다.

[이대로라면, 10분 후 쯤에 낚시 배의 모습을 육안으로 확인할 수 있는 지점에 도착할 겁니다.]

또 다시 나이트의 목소리가 들려왔다.

잠깐의 고민을 끝내고 입을 열었다.

"사진 한 장 보내 드릴 테니까 확인해보세요. 대호야, 내가 보내준 사진 저쪽에도 보내줘."

"알았어."

나이트가 내게 보냈던 낚시 배의 사진을 강대호에게 전송했다.

사진을 받은 강대호는 다시금 그 사진을 주정민 소방사에게로 보냈다.

그렇게 30초 정도의 시간이 흘렀을까?

연결이 끊어지지 않은 주정민 소방사의 휴대폰으로 굵은 목소리가 흘러 나왔다.

[……이 사진은 대체 어떻게 구한 겁니까?]

이상하게 귓가에 낯이 익은 목소리였다.

그것도 흘러가면서 한두 번 들은 게 아니라 제법 여러 번 들은 목소리였다.

'설마?'

밑바닥에 가라앉아 있던 기억 속에서 희미하게나마 한 사람의 모습이 떠오를 때였다.

강대호가 앞서 새롭게 들려온 목소리의 주인공에 대해 물었다.

"누구세요?"

[제주도 안전센터장을 담당하고 있는 최찬호 소방경입니다. 그보다 지금 보내준 사진은 위성사진인 것 같은데, 바다에서 표류 중인 여러분이 대체 어떻게 그 사진을 구한 겁니까?]

최찬호라는 이름을 듣는 순간 머릿속에 커다란 망치가 떨어져 내렸다.

그는 KV 백화점 붕괴 현장에서 도깨비 도사로 활동한 나와 함께 팀을 이뤄 구조 작업을 하던 소방관이었다.

'이게 무슨 운명의 장난도 아니고. 이런 식으로 다시 재회를 하게 될 줄이야.'

기가 막히면서도 한편으로는 안도가 되었다.

내가 아는 그라면, 무슨 수를 써서라도 방법을 찾아 구조 작업을 시작할 인물이었다.

[써니호! 대답하세요.]

그의 궁금증은 충분히 이해할 수 있다.

하지만 지금은 그 질문에 답을 할 상황이 아니었다.

아이들이 나이트에 대해서 많은 의문을 느끼면서도 굳이

자세하게 캐묻지 않는 것처럼 말이다.

"최찬호 소방경님, 지금은 이 사진을 어떻게 구했는지를 따질 때가 아닙니다. 중요한 건 저희와 인접한 부근에 조난 당한 또 한 척의 배가 있고, 무슨 상황인지는 모르겠지만 그 배가 자신들의 상황을 신고하지 않았다는 겁니다."

[…….]

"지금 저희가 생각해야 할 건 어떻게 하면 이 위기를 극 복할 수 있느냐겠죠. 참고로 10분 후면, 저희는 육안으로 그 낚시 배를 확인할 수 있는 지점으로 진입하게 될 겁니 다."

본래 예상보다 조금 빠르긴 했지만, 상대가 최찬호 소방 관이라면 지금 현재 상황을 제대로 알려주는 것이 오히려 나았다.

[그게 무슨? 이봐! 당장 써니호 현재 위치 파악해봐!]

휴대폰을 타고 최찬호의 목소리가 흘러 나왔다.

그리고 곧 당황한 주정민 소방사의 외침이 들려왔다.

[혀, 현재 써니호가 협재항 쪽으로 방향을 잡고 이동 중 입니다. 본래 저희가 파악했던 위치보다 50km 정도 가까 워졌습니다.]

[50km라고?]

[네! 센터장님. 앞으로 대략 50km 정도만 거리가 더 가 까워지면, 구조 작업은 헬기로 충분히 가능합니다.]

구조 작업이 가능하다는 소리가 휴대폰을 타고 선교 안에 울려 퍼졌다.

그러자 지금까지 불안에 떨고 있던 아이들의 표정이 일순간 밝아졌다.

"좋았어!"

"예스!"

좋아하는 아이들을 뒤로하고 다시 연결된 휴대폰에서 최찬호의 목소리가 들렸다.

[써니호, 대체 무슨 마법을 부린 겁니까?]

"마법이 아닙니다. 살기 위해 노력하는 거죠. 그리고 여러분 이외에도 저희를 구하기 위해 많은 사람이 돕고 있다는 사실을 알아주셨으면 합니다. 이렇게 말하지 않아도 이미 알고 계시겠지만요."

이 정도에서 나중을 대비한 떡밥을 던질 필요가 있다.

어차피 내가 이렇게 말을 한다고 해서 그들이 안 집사나 나이트의 존재를 알아차릴 가능성은 없다.

하지만 모든 상황이 마무리 되었을 때 내가 벌인 행동에 대해서 보다 쉽게 해명을 하려면 떡밥이 많은 편이 유리했다.

[주변의 도움이라, 역시 그렇군요.]

설명을 들은 최찬호가 이해했다는 식의 목소리로 대답했다.

그들은 분명 이혜인과 송선미의 아버지가 나름대로 수를 썼다고 생각할 것이다.

실제로도 두 사람의 아버지는 딸들을 구하기 위해 백방으로 움직이고 있는 중이었다.

[……면목이 없습니다. 솔직히 말씀드리면, 기상 악화로 인해 현재 협재항에서 발이 묶여 있는 상황입니다. 하지만 써니호가 현재 위치한 곳에서 이곳까지의 거리가 50km 정도 더 가까워진다면, 무슨 수를 써서라도 구조대를 움직이겠습니다. 그러니 제발 저희가 구조 작업을 펼칠 수 있도록 써니호 역시 도와주시기 바랍니다. 부탁드리겠습니다.]

구조대가 구조를 받아야 할 사람에게 부탁을 하고 있다.

이 사실만 보면, 그야말로 아이러니한 상황이다.

만약 언론에 이와 같은 사실이 알려지면 숱한 비난을 받게 될 것이다.

하지만 난 그들을 비웃지 않았다.

이렇게까지 해서라도 사람을 구하고 싶은 그 마음을 잘 알고 있기 때문이었다.

"우리도 이대로 물고기 밥이 되고 싶은 생각은 없으니까 걱정 마세요."

내 대답이 끝남과 동시에 휴대폰에서 또 다른 목소리가 툭 튀어 나왔다.

[센터장님! 파악 됐습니다. 낚시 배의 이름은 영선호. 오늘 오전 11시에 낚시꾼 두 명을 태우고 바다로 나갔다고 합니다. 인근 주민의 말로는 며칠 전부터 선장인 김영선 씨가 배의 상태가 좋지 않아서 수리를 해야 한다고 수차례 말했다고 합니다.]

휴대폰 너머로 들려온 소리를 통해 낚시 배의 상황은 어느 정도 파악이 됐다.

"그쪽에 있는 사람들이랑 전화 연결은 안 됩니까?"

[몇 번 전화를 걸었지만, 계속 꺼져 있다고 나온답니다.]

혹시나 하는 생각으로 물었지만 역시였다.

최찬호의 대답에 양 미간이 절로 찌푸려졌다.

현재까지 들은 상황만 해도 그 낚시 배의 상황은 우리보다 훨씬 최악이라고 할 수 있었다.

'일단은 눈으로 상황을 파악할 수밖에 없나.'

입술을 지그시 깨물고는 뒤쪽에서 이혜인과 함께 있던 송선미를 불렀다.

"선미야! 너 이리로 와서 잠깐 키 좀 잡고 있어."

"……?"

"이 중에서 그나마 체력이 되는 사람은 너 밖에 없잖아. 난 잠시 갑판으로 나가서 확인해 볼 게 있어."

지금과 같은 상황에서 강대호와 문철주 두 사람만으로 키를 잡고 유지하는 건 무리였다.

그렇다고 평소 운동이라고는 몸매 관리를 위해 요가와 헬스밖에 하지 않은 이혜인과 신소연에게 맡길 수는 없었다.

그나마 다행인 건 바로 송선미의 존재였다.

'분명 꽤 오랜 시간 체계적으로 단련을 해 온 신체구조야. 아마 아버지인 송태산의 영향이겠지.'

균형이 잡혀 있는 그녀의 몸은 단순히 몇 년 동안 운동을 한 게 아니라, 오랜 시간 체계 잡힌 훈련과 단련을 통해 만들어진 게 틀림없었다.

신체 능력을 평가한다면, 오히려 남자인 강대호나 문철주보다 송선미가 뛰어나다고 할 수 있었다.

"아, 안 돼! 선미는 내 곁에 있어야 해. 시키려면 소연이한테 시켜!"

내 부름에 송선미가 일어날 것 같은 자세를 취하자 이혜인이 재빨리 그녀의 옷자락을 잡았다.

그 모습에 내가 굳은 표정을 지었다.

큰 목소리를 내고 싶지는 않지만, 그렇다고 지금 현재 상황은 개개인의 의견을 전부 들어줄 만큼 여유로운 상황이 아니었다.

"이혜인, 어리광 그만 피워."

"뭐, 뭐? 어리광?"

당황하다 못해 얼굴이 붉게 달아오른 이혜인을 보며 계속 말을 이었다.

"지금 모두 각자의 위치에서 서로 할 수 있는 일들을 하고 있는 거 안 보여?"

이혜인의 시선이 땀을 뻘뻘 흘리는 강대호와 문철주에게로 향했다.

그리고 그 옆에서 수건으로 연신 땀을 닦아주고 있는 신소연을 확인하고는 얼굴을 확 찡그리며 말했다.

"우린 여자고 너희는 남자잖아! 당연히 이런 상황에서 우릴 보호하고 지켜줘야지!"

틀린 말은 아니다.

위급 상황에서 아이와 여인 그리고 노인은 보호하고 지켜야 할 대상이었다.

하지만 그건 어디까지나 지켜야 할 대상이 구성원으로서 순순히 협력을 할 때에 해당되는 얘기였다.

"맞아. 그런데 너 바다에 빠지고 나서도 그렇게 말할래?"

"뭐?"

"이대로 배가 뒤집어 지면, 물고기 앞에서도 그런 소리나 하고 있을 거냐고 묻는 거야."

벌떡!

"한정훈! 너 우리 아빠가 누군지 알고 나한테 이러는 거야?"

이혜인이 자리에서 일어서서 소리를 내질렀다.

그 모습에 나는 오히려 웃음이 나왔다.

처음에 이혜인이 보였던 모습은 기억 속에서 사라진 지 오래였다.

애초에 그녀가 보이는 행동은 마치 몸에 맞지 않는 옷을 입은 것처럼 어색하기 짝이 없었다.

반면, 지금의 모습이야말로 오히려 평상시의 모습을 보는 것처럼 아주 자연스러워 보였다.

"이종원 대표? 알지. 우리나라 요식 업계의 큰손이잖아. 그런데 넌 내가 누군지 아냐?"

"뭐라고?"

"박지헌 쉐프가 이종원 대표에게 얘기를 했고 또 그 얘기를 네가 들었겠지. 그래서 호기심을 느끼고 저기 있는 소연이를 이용한 거잖아? 안 그래?"

처음에는 단지 우연이라고 생각했었다.

문철주의 말대로 KV 백화점 붕괴 사고 현장에서 이혜인과 송선미, 신소연이 봉사활동을 하며 친해진 것이라고 말이다.

하지만 이동 중인 차안에서는 물론 크루즈 안에서 이혜인이 신소연을 대하는 태도를 보면, 그들은 결코 같이 어울릴 정도의 친한 친구 사이가 아니었다.

아니, 신소연은 오히려 이혜인을 굉장히 어렵게 대하고

있었다.

그 이유에 대해서는 정확히 알 수 없었지만, 뒤늦게 박지헌에게서 날아 온 한 통의 문자로 추리할 수 있는 범위가 넓어졌다.

[아! 정훈아, 생각해보니 내가 한 가지 실수를 한 것 같아. 세간에는 알려지지 않았는데, 이종원 대표가 엄청난 자동차 마니아거든. 그래서 자동차 얘기를 하다가 네가 가지고 있던 차와 관련해서 얘기를 했어. 난 잘 몰랐는데, 그게 우리나라에 딱 3대만 수입해서 들여온 거라며? 그것 때문에 이 대표가 널 엄청 궁금해했던 것 같긴 한데. 아마 그러다 보니 혜인이 걔한테 너에 대해 물어본 것 같다. 정말 미안하다. 내가 괜한 소리를 해가지고 널 곤란하게 만들었네.]

국내에 3대 밖에 들여오지 않은 수입 자동차.

그런 대단한 자동차를 고작 21살의 청년이 타고 다니고 있다.

더욱이 그 청년이 자신의 딸과 같은 대학교에 같은 과라면, 부모 입장에서는 당연히 궁금증이 생길 수밖에 없을 것이다.

그 부모의 딸 역시 마찬가지다.

분명 학교 내에서 보기에는 지극히 평범한 대학생 그 이상도 이하도 아니다.

그런데 학교 밖에서는 어마어마한 슈퍼카를 소유한 주인이라면 호기심과 궁금증이 생기는 게 당연했다.

아마 이혜인은 그렇기 때문에 호기심을 해결하는 중간 다리 역할로 신소연을 선택했을 것이다.

이미 세 사람은 봉사활동이란 명분으로 안면을 텄으니, 나쁘지 않은 선택이라고 할 수 있었다.

나와 신소연의 관계가 서먹해지기 전이었다면 말이다.

하지만 그런 서먹한 관계에도 불구하고 신소연은 이혜인을 위해 관계를 풀기도 전에 우리와 함께 동행하는 것을 택했다.

'즉, 내가 알지 못하는 또 다른 뭔가가 있을 수도 있다는 거겠지.'

내 시선은 신소연을 향했다.

신소연은 마치 큰 잘못을 들킨 것 마냥 고개를 푹 숙이고 있었다.

"마, 말도 안 되는 소리! 호기심은 무슨 호기심! 내가 너 따위한테? 웃기고 있네."

이혜인이 기가 막힌다는 얼굴로 눈을 부라렸다. 하지만 그녀는 애초에 상대를 잘못 골랐다.

지금의 내게는 그녀의 말이 진실인지 거짓인지 확실하게

파악할 수 있는 방법이 있었다.

〈진실과 거짓〉

고유: Passive

등급: A

설명 : 태어나서부터 자신이 가진 돈을 노리고 접근하던 사람들로 인해 숱한 배신을 당하고 끊임없이 주변의 사람을 의심해야 했던 송지철의 고유 특기입니다.

효과: 상대의 말에 집중하고 있을 경우 진실과 거짓을 구분할 수 있습니다.

대상이 하는 말이 진실일 경우에는 몸에서 파란색의 기운이, 거짓일 경우에는 붉은색의 기운이 강합니다.

'진실과 거짓.'

스킬을 발동하자 동시에 이혜인의 전신에서 넘실거리는 붉은 기운이 보였다.

조금 전 이혜인이 한 말은 전부 거짓이라는 증거였다.

씨익-

입가에 비릿한 미소가 피어났다.

"그래? 그 말이 진실인지 거짓인지는 나중에 소연이한테 물어보면 알겠지. 그보다 선미야, 계속 그렇게 보고만 있을 거야?"

"……잡고만 있으면 된다는 거지?"

송선미가 자신의 옷자락을 잡고 있는 이혜인의 손을 떼어 냈다.

예상치 못한 행동에 당황한 이혜인이 송선미의 이름을 불렀다.

"서, 선미야?"

"……난 널 무사히 지켜야 하니까. 무사히 육지로 돌아가기 위해서는 한정훈 말대로 하는 게 맞아."

이혜인이 입술을 깨물었다.

하지만 송선미의 옷자락을 잡고 있던 손이 더는 움직이지 않는 것만으로도 의사 표현은 된 셈이었다.

'그나저나 대체 저 둘은 무슨 사이지?'

이혜인과 송선미의 관계에 대해서는 확실히 뭐라고 정의하기가 어려웠다.

처음에는 단순히 송선미를 이혜인의 보디가드쯤으로 생각했다.

하지만 지금 하는 행동을 보면, 두 사람 사이에는 어떠한 관계가 있음이 분명했다.

"이렇게 잡으면 된다는 거지?"

"그래. 그럼, 부탁한다."

송선미에게 키를 넘기고는 급히 선교 밖의 갑판을 향해 걸음을 옮겼다.

지금쯤이면, 나이트의 말대로 낚시 배를 육안으로 확인할 수 있을 것이다.

쏴아-

선교 밖으로 나가는 순간 바닷물과 비가 섞인 바람이 전신을 때렸다.

그리고 그 사이로 마치 기다렸다는 듯 어렴풋이 남성의 목소리가 귓가에 들려왔다.

"으아아! 여기요! 여기 사람 살려요!"

목소리가 들린 방향에는 넘실거리는 파도에 당장이라도 뒤집어 질 것 같은 낚시 배 한 척이 있었다.

"……대체 뭘 하고 있는 거야?"

낚싯배 위에서는 사람들이 분주하다 못해 우왕좌왕하게 움직이고 있었다.

그들의 손에는 겨울 김장철에나 볼 것 같은 커다란 대야와 바가지가 들려 있었다.

지금 같은 상황에서 그들의 손에 들린 물건으로 유추할 수 있는 가능성은 한 가지 뿐이었다.

"설마 배에 물이 새고 있는 거야?"

휴대폰을 통해 들은 내용에 의하면, 영선호라고 알려진 낚싯배는 수리가 필요함에도 불구하고 출항을 강행했다고 했다.

그런데도 안전센터에 신고가 접수되지 않았기 때문에

처음에는 단순히 배의 전자기기가 고장 난 것으로 판단했다.

하지만 지금의 모습을 보면, 애초에 배는 단순한 전자기기 고장만 있었던 게 아닐 것이다.

만약 선체 자체에 균열이 존재해서 수리가 필요한 상황이었다면, 파도로 인해 그 균열의 범위가 넓어져 배에 물이 차오를 가능성도 충분했다.

"미치겠군."

영선호가 정상적인 상황이라고 해도 도와줄 수 있는 방법은 많지 않다.

그런데 지금 확인한 영선호의 상태는 그야말로 최악에 가까웠다.

자칫 섣부르게 도움을 주려고 나섰다가는 써니호 역시 위험에 빠질 수가 있었다.

파앗!

바로 그 순간. 신호탄 하나가 붉은 꼬리를 길게 남기며 영선호에서 하늘로 쏘아졌다.

다시금 영선호로 시선을 돌리니 한 손에 망원경을 든 채 필사적으로 손을 흔드는 중년의 남성이 보였다.

"여, 여기요! 여기 사람 있습니다! 제발 도와주세요!"

영선호 쪽에서도 써니호를 발견한 것이다. 고개를 돌려 하늘과 바다를 바라봤다.

빗줄기와 파도는 처음에 비해 전혀 줄어들지 않았다. 그나마 다행인 건 더 거세지지는 않고 있다는 정도일까?

'젠장.'

머리와 가슴속에 갈등이 일었다.

이성과 본능의 대립이었다.

하지만 무엇이 됐든 현재 상황에서 나 혼자 단독으로 결정을 내릴 수는 없었다.

현재 써니호에 있는 사람은 나 혼자가 아니기 때문이다. 내가 잘못 내린 결정으로 인해 일행의 목숨 또한 좌지우지 될 수도 있었다.

우선은 감정적으로 행동하기 보다는 현재의 상황을 일행들에게 알리는 것이 먼저였다.

저벅저벅—

간절하게 구조신호를 보내는 영선호에게는 미안한 일이지만, 일단은 걸음을 옮겨 선교 안으로 들어갔다.

선교로 들어서자 아이들의 시선이 내게로 향했다. 강대호가 체력저하로 인해 거칠어진 숨을 고르며 입을 열었다.

"후우, 후우. 바깥 쪽 상황은 어때?"

"날씨는 여전해. 그보다 모두에게 한 가지 알려줘야 할 사실이 있어."

"알려줘야 할 사실?"

"아까 구조대와 나눈 통화는 모두 들었을 거야. 우리 말고도 인근에 또 한 척의 조난당한 배가 있다고."

"……영선호?"

신소연의 반문에 고개를 끄덕였다.

"맞아, 지금 그 배가 우리 근처에 있어. 그리고 가장 큰 문제는."

잠시 말을 멈추고 아이들을 쳐다봤다.

만약 이 문제만 없었다면, 큰 고민 없이 내 생각대로 움직였을 것이다.

하지만 밖에서도 생각했듯 지금의 난 혼자가 아니었다. 모두의 의견을 하나로 모을 필요가 있었다.

"자세히는 알 수 없지만, 배에 파손이 있는지 영선호에 물이 새고 있는 것 같아. 배에 타고 있는 사람들이 대야와 바가지로 물을 퍼내고 있었어."

"무, 물이 새고 있다고? 그게 진짜야?"

강대호가 놀라 되묻고 아이들 역시 웅성거리기 시작했다.

당장 기상 악화로 항구로 복귀하지 못하는 써니호도 문제지만, 그래도 물이 새는 영선호에 비교할 정도는 아니었다.

물이 새고 있다는 것은 구조대가 오기도 전에 배가 바다로 가라앉을 수 있다는 소리였다.

"그, 그럼 어떡해야 하는데?"

"어떡하긴! 우리가 어떻게 할 수 있는 상황이 아니잖아?"

"하지만······."

"하지만은 무슨! 설마 넌 저 사람들을 우리가 구해야 한다고 생각하는 거야? 하, 신소연! 정신 차려! 그게 가능하다고 생각하니?"

망설이는 신소연과는 달리 문철주와 이혜인은 자신의 의사를 밝혔다.

아니, 이혜인은 밝히는 수준이 아니라 자신의 주장을 확실히 피력했다.

"다들 아까 구조대 말 못 들었어? 조금만! 조금만 더 가면 된다잖아. 그럼 헬기가 됐든 배가 됐든 우리를 구하러 온다고! 그런데 지금 상황에서 저 배에 있는 사람들을 구하자고? 정신 차려! 우리가 구조대도 아닌데 그 사람들을 무슨 수로 구해? 얘들아, 우리 어린애가 아니라 성인이잖아? 제발 상식적으로 생각하자. 응?"

이성적으로 그리고 상식적으로 생각하면, 백 번 천 번 이혜인의 말이 옳았다.

그건 나 역시 알고 있는 사실이었다. 심각한 표정으로 얘기를 듣던 강대호가 물었다.

"만약 이대로 우리가 지나치면 그 사람들은 어떻게 되는 거냐?"

고민해서 대답할 필요도 없는 질문이었다.

"배가 침몰되고 결국은 바다에 뛰어들 수밖에 없겠지. 그리고 지금 같은 날씨라면, 아주 운이 좋을 경우 살 수도 있겠지만 그런 가능성은 거의 없다고 생각해."

실제로 수십 일 동안 바다에서 표류하고도 살아남아 구조된 사람의 일화가 있다.

하지만 그건 정말 가뭄에 콩이 나고, 백사장에서 바늘을 찾을 정도로 희박한 확률이었다.

"그럼, 우리가 그 사람들을 구할 수 있는 방법은 있어?"

침묵으로 일관하던 송선미가 입을 열었다. 그 모습에 이혜인이 고개를 돌리며 한껏 짜증 어린 표정으로 눈을 부라렸다.

"야! 너 제 정신이야? 방법은 무슨 방법! 한정훈, 설마 너도 그 사람들을 구해야 한다고 생각하는 거 아니지?"

"……."

나는 아무런 대답도 하지 않았다.

그래서였을까? 불안한 표정으로 눈동자를 굴리던 이혜인이 재빨리 말을 이었다.

"그, 그래! 박연 선장님은? 박연 선장님 상태가 안 좋아서 한시가 급하다며! 우리 이러고 있을 시간 없잖아? 빨리 선장님을 병원으로 데려가야지!"

분위기가 무겁게 흘러가자 이혜인이 손가락으로 쓰러져 있는 박연 선장을 가리켰다.

이혜인의 지적에 아이들의 시선이 박연 선장에게로 향했다.

의학적 지식이 없는 사람이 보기에도 박연의 상태는 좋지 못했다.

당연히 선교에 모인 사람들의 고민은 깊어질 수밖에 없었다.

당장 병원으로 이송이 필요한 사람을 선택할 것인가?

아니면, 생면부지인 사람을 구하기 위한 방법을 찾을 것인가?

"후우. 정훈아, 네 생각은 어때? 그나마 이런 상황에서 한 가닥 희망이라 잡아서 여기까지 올 수 있던 것도 모두 네 덕분이었으니까. 난 네 의견을 듣고 결정할게."

강대호는 스스로의 판단을 보류했다. 그 순간 남은 아이들의 시선이 일제히 나에게로 향했다.

의견이 모두 모아진 다음에 얘기를 시작하고 싶었지만, 이렇게 된 이상 계속 입을 다물고 있을 수도 없는 노릇이었다.

"……현실적으로 영선호에 있는 사람들을 안전하게 구하는 건 무리야."

이상과 현실은 엄연히 다른 법이다. 마음 같아서는 당장이라도 바다에 뛰어들어 영선호의 사람들을 모두 구조하고 싶다.

하지만 그건 지금 내가 가지고 있는 능력으로는 불가능하며, 이러한 욕심은 만용에 불과할 것이다.

비록 지금의 내가 평범한 인간의 범주를 넘어섰다고는 하나, 영화에 등장하는 슈퍼맨과 같은 초인은 아니었다.

하늘을 날 수도 없고 물속에서 숨을 쉬지도 못한다.

당연히 평범한 사람들처럼 큰 상처를 입으면 죽는 것 또한 마찬가지였다.

"하지만 분명한 건 지금 상황에서는 구조대도 저 사람들을 구할 수 없다는 거야. 애초에 저쪽은 신고조차 하지 못한 상황이니까 말이야."

"그 말은?"

"그래, 우리가 이대로 돕지 않고 지나간다면, 저들은 십중팔구 죽게 될 거야."

선교에 또 한 번 무거운 침묵이 감돌았다. 지금 이 자리에 모여 있는 이들의 나이는 고작 21살이다.

입으로는 죽음에 대해 거론을 한 적이 있을지언정, 실제로 누군가 죽는 모습을 본 적은 드물 수밖에 없다.

게다가 이번 같은 경우에는 그 죽음에 자신들 또한 연관이 되게 생겼으니, 이런 경험은 처음일 수밖에 없을 것이다.

"……없잖아."

이혜인이 작은 목소리로 중얼거렸다.

"뭐?"

"어차피 그 사람들 구할 방법도 없잖아! 그럼, 살 수 있는 사람이라도 사는 게 맞는 거 아니야? 다들 그렇게 생각하잖아! 아니면, 나만 나쁜 사람이라서 이렇게 생각하는 거야? 나만 지금 살고 싶어서 그러는 거냐고!"

"야! 너 무슨 말을 그렇게 해?"

"왜! 내 말이 틀렸어? 넌 그럼 네가 죽더라도 저기 있는 사람들을 구해야 한다는 거야? 구조대도 아닌 우리가 대체 왜? 그럴 거였으면 다들 소방학과나 갈 것이지 법대는 왜 왔어!"

문철주가 항의하듯 소리쳤지만, 이혜인이 정색 어린 얼굴로 노려보자 입을 다물었다.

애초에 그 또한 이혜인과 비슷한 생각을 가지고 있었기 때문이다.

"혜인이 말이 맞아. 우리가 저 사람들을 꼭 구해야 할 의무는 없어."

침묵을 깨고 입을 열었다.

그리고 그 한마디에 이혜인은 반색을 했고 다른 아이들은 놀란 표정으로 나를 쳐다봤다.

"왜 그렇게들 쳐다봐?"

"아니, 너라면 당연히 사람들을 구하자고 말할 줄 알았거든."

강대호의 의문에 시선을 바다로 돌렸다. 파도와 비는 여전했다.

"내가 크루즈의 키를 잡았던 건 너희를 위험에 빠트리기 위해서가 아니라, 그게 현 시점에서 우리가 살 수 있는 확률이 가장 높은 방법이었기 때문이야."

이건 진심이었다.

할 수만 있다면, 굳이 그 상황에서 나서고 싶은 마음은 없었다.

하지만 가만히 있다가는 모두가 물귀신이 될 판이었다.

그런 상황에서 어떻게 모른 척 가만히 있을 수 있겠는가?

"그 말은 마음은 저들을 구하고 싶지만, 우리들 때문에 망설이고 있다는 거야?"

신소연의 물음에 고개를 끄덕였다. 실제로 만약 이 자리에 나 혼자였더라면, 어떻게든 무슨 수를 썼을 것이다.

미쳤다고 해도 좋다. 아니, 미친 것이 맞을 것이다.

하지만 살려 달라고 하는 사람을 외면하기에는 한평생 소방관으로 살아왔던 제임스의 기억과 본능이 내 몸에 고스란히 녹아 있었다.

"아까도 말했지만, 내 판단으로 너희 모두를 위험하게 만들 생각은 없어. 다만 한 가지."

말을 끊고 아이들의 얼굴을 한 번씩 둘러봤다.

'이 말을 해도 될까?'

고민은 되었지만, 지금 말해주지 않는다면 오히려 나중에 더 큰 마음의 짐이 생길지도 모른다.

"……이거 하나만은 명심해둬. 오늘 이 자리에서 우리가 어떠한 결정을 내리든 그걸 책임지는 건 그 누구도 아닌 자기 자신이란 거야. 아무도 대신해서 우리의 결정을 책임져주지는 않을 거야."

지금에야 영선호의 사람들을 구하지 않은 것에 대해서 아무런 문제가 되지 않는다. 하지만 과연 나중에도 그럴까?

만약 지금 이 자리에 있던 일이 밖으로 알려진다면, 누군가는 분명 지금의 우리들을 비난하고 욕할 것이다.

그들에게는 우리가 이성적인 판단을 했느냐가 중요한 게 아니다.

단지 표적으로 삼아 물어뜯고 비난한 사람이 필요할 뿐이다. 일종의 가십거리인 것이다.

하지만 무심코 던진 돌에 개구리가 맞아 죽는다는 말이 있다.

그들이 재미 삼아 떠드는 소리에 상처를 입는 건 결국 우리가 될 수밖에 없었다.

그리고 사람에 따라서 그 상처는 평생 마음의 짐이 될 수도 있다.

'나야 그들이 살인자가 아니라 더 심한 욕을 해도 그냥 넘길 수 있지만, 이 녀석들은 아니니까.

악플이나 헛소문 따위에 흔들릴 멘탈이었다면, 애초에 룰렛을 통해 여행을 할 때부터 무너졌을 것이다.

아니, 내 선택으로 인해 제임스의 영혼이 소멸되었을 때 끝이 났을 게 분명했다.

하지만 난 버텨냈고 그보다 더한 상황도 숱하게 겪어 왔다.

"정훈아, 한 가지만 묻자. 저 사람들을 구할 방법이 있긴 있어?"

"있어."

"거짓말!"

이혜인이 소리를 질렀지만, 그와 상관없이 난 말을 이었다.

"아까 갑판으로 나가 보니 밧줄이 있었어. 일단 써니호를 영선호에 최대한 접근시켜서 밧줄로 양쪽 배를 연결하는 거야. 그리고 영선호 쪽의 사람들이 밧줄을 이용해서 이쪽으로 넘어오는 거지."

나름 진지하게 설명했지만, 얘기를 듣는 쪽은 전혀 아니었다.

"그, 그게 방법이라고? 미쳤어. 그딴 게 가능할 리가 없잖아!"

"그래, 정훈아. 설령 줄을 연결하는데 성공했다고 해도 그 사람들이 순순히 이쪽으로 넘어오겠어? 당장 파도라도 쳐서 줄에서 떨어지면 끝장이라고."

"무모한 방법이야."

이혜인과 문철주는 물론 송선미조차 고개를 흔들었다.

그들의 상식에서는 말도 되지 않는 방법이었다.

하지만 나라고 해서 무턱대고 이런 방법을 제시한 것은 아니었다.

첫 번째 정착자였던 이순신 장군의 수졸 박영철의 기억에는 분명 폭풍우 속에서 이와 같은 방법으로 뱃사람을 구한 적이 있었다.

"후우. 정훈아, 솔직히 네가 말한 방법은 내가 생각해도 미친 짓인 것 같아. 하지만 그래도 아무것도 해보지 않고 이대로 그 사람들을 버리고 가는 것보다는 마음이 편할 것 같다. 이기적이라고 해도 좋지만, 이대로 그냥 갔다가는 평생 악몽에 시달릴 것 같거든. 어찌됐든 난 한 번이라도 시도를 해보자는 쪽에 의견을 던지겠어."

강대호는 과감히 자신의 의견을 던졌다.

그리고 그 의견을 들을 다른 아이들은 입술을 깨물고 생각에 잠길 수밖에 없었다.

생존에 대한 욕구와 도덕적 양심에 대해서 갈등이 일어나는 것이다.

하지만 지금 상황에서 생각을 위한 시간을 오래 줄 수도 없는 노릇이었다.

"모두 반대하면⋯⋯"

"난 찬성이야."

계속 생각에 잠겨 있던 신소연이 침묵을 깨고 입을 열었다.

"사실 너무 무섭지만, 그래도 지금의 나보다 그 배에 있는 사람들이 백배 천배 더 무서울 거야. 그러니까 적어도 우리가 할 수 있다면, 한 번이라도 좋으니 그 사람들을 도와줬으면 좋겠어."

문득 KV 백화점의 봉사 활동에 참여하지 않은 일로 신소연과 멀어진 일이 떠올랐다.

그때의 태도를 생각해보면, 지금 신소연이 보이는 태도는 충분히 이해가 갔다.

이로써 영선호의 사람을 구하자는 의견이 두 표 나왔다.

나까지 찬성하면 3표가 되지만, 지금 상황에서 나는 끝까지 의견을 내지 않는 편이 좋았다.

내가 의견을 내는 순간, 더는 투표의 의미가 사라진다.

어찌됐든 현재 배를 몰 수 있는 건 나밖에 없기 때문이었다.

스윽―

"……그래, 좋아. 그런데 만약 그 사람들이 거절하면 어떻게 할 거야?"

다음으로 입을 연 사람은 놀랍게도 자리에서 일어선 이혜인이었다.

이혜인은 겁을 먹은 것처럼 보였던 처음의 모습은 어느새 사라지고, 독기 어린 표정을 머금은 채 나를 바라보고 있었다.

"사람을 구하는 건 좋다 이거야. 나 역시 당연히 구하고 싶어! 하지만 말이야. 우리가 그 사람들을 구하기 위해 던진 밧줄이 운 좋게 연결이 되었다고 쳐도 건너와야 될 사람은 우리가 아닌 그들이잖아? 저 파도가 넘실거리는 바다를 말이지. 만약 그 사람들이 겁먹고 망설이면, 넌 계속 줄을 연결한 상태로 기다릴 생각이야?"

이혜인의 물음에 난 고개를 저었다.

확실히 그녀가 지적한 문제는 중요한 문제였다.

우리가 구하려는 의지가 있다고 해도 그쪽에서 행동을 하지 않는다면, 아무런 소용이 없었다.

이와 같은 상황은 구조 작업을 펼칠 때도 무수히 발생했다.

"걱정하지 마. 만약 저쪽에서 망설이면, 연결된 밧줄은 내 손으로 자를 테니까."

"그 말 정말이지?"

"약속할게."

"좋아. 그럼, 나도 찬성하겠어. 어차피 이대로 대화를 질질 끌어봐야 나만 나쁜 년이 될 것 같으니까. 어차피 할 거라면, 빨리 실패해서 포기하는 게 좋겠지."

이혜인이 찬성을 하자 송선미는 자연스레 고개를 끄덕였다.

나를 제외하고 선택을 하지 못한 사람은 문철주뿐이었다.

문철주가 고개를 절레절레 흔들었다.

"어휴, 나 혼자서 반대해 봐야 뭐하겠어. 그래, 찬성이다."

마지막 남은 문철주까지 찬성표를 던졌으니, 이제 해야 할 일은 영선호의 사람들을 구조하기 위해 움직이는 것뿐이었다.

'하지만 정작 문제는 지금부터야.'

현재 배안에서 자유롭게 움직일 수 있는 사람은 한정되어 있었다.

굳이 따지자면, 개인의 역할이 있는 것이다.

신소연은 박연 선장의 상태를 돌봐야 했고, 최소 두 명은 써니호의 키를 잡고서 배의 방향이 틀어지지 않도록 해야 했다.

그렇다면, 남은 인원은 나를 포함해서 셋.

하지만 키를 잡는 일에는 상당한 체력과 힘이 필요했기 때문에 강대호는 다른 일을 맡을 겨를이 없었다.

그렇다면, 결국 현 시점에서 가용할 수 있는 인원은 이혜인과 문철주 둘뿐이었다.

"대호야, 선미랑 남아서 키를 잡아줘. 나머지는 나랑 같이 갑판으로 가자."

짧은 고민 끝에 결정을 내렸다.

영선호에 밧줄을 연결하는 것도 중요하지만, 그보다 더 중요한 일은 배의 방향이 틀어지지 않도록 키를 잡는 것이다.

중심이 되는 써니호가 방향을 잃어버리면, 영선호의 사람들을 구하는 것 또한 의미가 없었다.

구해야 할 사람들은 영선호의 사람들만이 전부가 아니었기 때문이다.

"OK! 알았다."

강대호가 대답을 하자 송선미 역시 고개를 끄덕였다.

그 모습에 이혜인은 처음과 달리 별다른 말을 하지 않았다.

그녀 스스로도 나름의 생각을 정리했기 때문이다.

그렇게 남은 세 사람을 데리고 갑판으로 걸어 나갔을 때는 다행스럽게도 하늘에서 쏟아지는 비가 서서히 줄어들고 있었다.

하지만 강풍은 여전했고, 거센 파도 또한 그 강력한 위세에는 변함이 없었다.

어느덧 영선호와의 거리는 나를 따라 나온 아이들의 눈에도 보일 만큼 가까워져 있었다.

하지만 시각적으로 보이는 거리와 그곳을 향해 밧줄을 던져 연결하는 것은 차원이 다른 문제였다.

지금과 같은 상황에서는 한 번 실패를 할 경우 그 뒤는 없다고 봐야 했다.

꿀꺽.

성난 파도의 모습에 기가 죽은 문철주가 입안에 가득 고인 침을 삼켰다.

그리고는 갑판 한쪽에 걸려 있는 밧줄을 확인하고는 고개를 좌우로 흔들었다.

"이건 아무리 생각해도 불가능해. 이 밧줄을 저기 있는 배까지 던지겠다고? 상식적으로 말이 안 되는 소리잖아. 정훈아, 지금이라도 늦지 않았다. 그냥 안으로 들어가서 아까처럼 구조대한테 상황이나 전달하자. 응?"

신소연이 몸을 숙이고는 손을 뻗어 로프를 만졌다.

그와 동시에 그녀의 얼굴이 흡사 죽을병에 걸린 사람처럼 어두워졌다.

"……여기 적혀 있는 정보에 의하면, 로프의 길이는 50m야. 그렇다는 건, 적어도 우리랑 저 배의 거리가 최소

50m 이내가 되어야 밧줄을 연결하는 게 가능하다는 소리야."

"맞아. 그리고 아까도 말했지만, 만약 연결이 됐다고 해도 저 사람들은 저 파도를 뚫고 오직 이 로프만을 의지해서 50m나 되는 거리를 건너와야 한다는 소리지. 미치지 않고서야 그런 짓을 할 리가 있겠어? 로프를 타고 넘어오다가 파도에 휩쓸리면, 정말 끝장이라는 걸 저 사람들이라고 해서 모르겠냐고?"

고개를 끄덕인 이혜인이 이내 시선을 내게로 돌리고는 입가에 조소를 지었다.

예상했던 반응이었기 때문에 그녀의 모습을 담담히 바라보고는 입을 열었다.

"그래, 너희들 말이 맞아. 아무리 살고자 하는 욕망이 강해도 훈련을 통해 극복하지 않은 이상에야 당장 눈앞에 닥친 원초적인 공포를 이겨낼 수는 없어. 그게 사실이고 또 현실이지."

인정할 건 인정해야 했다. 써니호와 영선호의 거리가 점차 50m 이내로 가까워지고 있었다.

운이 좋아 양쪽 배의 갑판에 서로 밧줄을 연결했다고 치자.

하지만 그렇다 한들 영선호의 사람들이 이쪽으로 넘어오지 않으면 우리가 하는 행동은 아무런 의미가 없었다.

더군다나 현재 영선호에 탑승하고 있는 인원은 3명이었다.

당연히 예상하지 못한 돌발 상황이 발생할 가능성도 염두에 두어야 했다.

"그러니까 아까 네가 했던 말은 꼭 지켜. 저쪽에서 망설이면 네 손으로 직접 밧줄을 끊겠다는 말. 뭐, 일단은 밧줄부터 연결해야겠지만 말이야."

분명 내 입으로 했던 말이다.

하지만 한편으로는 아무런 이의제기도 없이 그 제안을 당연시 여기는 아이들의 모습에 조금이지만, 소름이 돋았다.

"……정말 끊어야 한다고 생각해?"

"뭐야! 너 설마 이제 와서 말을 바꾸기라도 할 생각이야? 웃기지 마! 절대 안 돼!"

이혜인이 화난 표정으로 목소리를 높였다.

스윽-

시선을 낮춰 이혜인의 눈동자를 지그시 바라봤다.

화난 표정을 짓고 있던 이혜인이 순간 움찔거리며 뒤로 한걸음 물러섰다.

"뭐, 뭐야?"

"그냥 잠깐 이런 생각이 들었다. 여기 있는 우리는 모두 법조인을 꿈꿨기 때문에 법대에 들어간 거겠지."

"……너 뜬금없이 무슨 소리야?"

"그런데 당장 자신의 안위를 위해 눈앞에서 도움을 구하는 사람조차 외면하는 사람이 과연 제대로 법을 집행하는 법조인이 될 수 있을까?"

순간 이혜인과 더불어 문철주와 신소연의 얼굴이 단번에 굳어졌다.

"뭐, 뭐라고?"

"야! 그거랑 이거는 다르지! 너 무슨 말을 그런 식으로 하냐?"

"외면하겠다는 게 아니잖아. 단지 지금은 상황이 이러니까 어쩔 수 없이……."

세 사람의 반응에 난 그저 입가에 쓴 웃음을 지었다.

과연 상황이 바뀐다고 해서 달라질까?

검사 혹은 변호사, 그리고 판사가 되었을 때 자신의 안위가 위협받더라도 소신을 굽히지 않고 끝까지 피해자를 변호하는 법의 수호자가 될 수 있을까?

'그럴 리 없지.'

사람은 쉽게 변하지 않는다.

특히 지금처럼 그 바닥을 보인 사람이라면, 두말할 것 없었다.

그나마 처음부터 끝까지 올곧게 자신의 의견을 밀고 나간 사람은 강대호뿐이었다.

"내가 괜히 쓸데없는 말을 했네. 안에서 가져올 물건이 있으니까 잠깐 기다리고 있어."

입가에 지어져 있던 씁쓸한 웃음을 지우고는 다시 발걸음을 선교 안으로 옮겼다.

"응? 왜 벌써 들어와?"

선교 안으로 들어서자 땀을 뻘뻘 흘리면서도 키를 잡고 있는 강대호가 보였다.

"대호야."

"어?"

"지금부터 휴대폰에서 들리는 목소리에 따라서 키를 잡으면, 구조대가 올 수 있는 지점까지는 문제없이 갈 수 있을 거야. 목소리의 주인공, 생각보다 대단한 녀석이거든."

"갑자기 그게 무슨 소리야?"

"미안하지만, 지금은 설명할 시간이 없다. 나이트, 지금까지 하던 대로 구조대가 접근할 수 있는 지역까지 안내를 부탁해."

[알겠습니다. 에이션트 원.]

나이트의 대답이 흘러나오자 곧장 걸음을 옮겨 강대호의 뒷주머니에 들어 있는 휴대폰을 쏙 빼내었다.

"야!"

"이건 잠깐 빌릴게."

휴대폰을 품속에 잘 갈무리하고 그 다음에 한 일은 선교 안에 배치된 갖가지 공구와 수리 키트를 가방에 쓸어 담는 일이었다.

가방이 터질 정도로 물건을 담고는 끈을 이용해서 허리와 다리에 단단히 묶었다.

"야! 너 대체 무슨 생각이야? 공구들은 왜 챙기는 건데?"

답답한 듯 강대호가 질문을 던진 순간, 송선미의 표정이 파르르 떨렸다.

"너, 너…… 설마 그걸 가지고 직접 저 배로 넘어 갈 생각은 아니겠지?"

송선미를 알고 난 뒤 이렇게 당황스러워하는 목소리는 처음 듣는 것 같다.

강대호가 경악 어린 표정으로 송선미를 한 번 바라보고는 당장이라도 뛰어나갈 것 같은 얼굴로 소리쳤다.

"이런 미친! 너 진짜야?"

"미안하다. 나도 내가 참 바보 같기는 한데. 그래도 이게 맞는 것 같아서 말이야."

송선미의 짐작이 맞았다.

처음에는 배와 배의 밧줄을 연결 시켜 영선호의 사람들을 써니호로 건너오게 할 생각이었다.

하지만 이혜인의 지적대로 평범한 사람들이 그와 같은

행동을 할 수 있을 리가 없었다.

고도의 훈련을 받은 사람들도 쉽게 할 수 없는 일이었기 때문이다.

그렇다면 과연 어떻게 해야 그 사람들을 구할 가능성이 단 1%라도 높아질 수 있을까?

답은 의외로 간단한 곳에 있었다.

그 사람들이 건너오지 못한다면, 반대로 내가 건너가면 될 일이었다.

"야 이 병신아! 맞긴 뭐가 맞아! 그 사람들 때문에 왜 네가 죽으려고 하는데?"

"난 죽겠다고 한 적 없어."

당연한 얘기지만, 결코 죽을 생각 따위는 없다.

세상 그 누구보다 날 위하고 나만을 위해서 고생하셨던 아버지를 위해서라도 이대로 죽는다는 것은 상상조차 할 수 없었다.

"너……."

"대호야. 정확히 무슨 사정인지는 모르겠지만, 저기 저 배에 있는 사람들 저런 상황에서 구조대에 연락조차 하지 못했다. 그럼, 가족들한테 연락을 할 수 있었겠냐? 적어도 지금 이 순간 가장 듣고 싶은 사람의 목소리는 듣게 해줘야 하지 않겠냐?"

"하…… 미친 새끼. 그래서 저 배로 네가 직접 넘어 가겠다고? 가족들 목소리를 들려주려고? 너 정말 내가 아는 그 한정훈이 맞긴 한 거냐? 아니, 시발. 저 배에 물도 새고 있다며! 그런데 대체 네가 가서 뭘 하겠다고!"

씩—

강대호의 외침에 난 그저 미소를 지을 뿐이었다.

사실 나도 내가 왜 이런 미친 짓을 하고 있는지 이성적으로 잘 이해가 되지 않는다.

이 위기만 얌전히 넘긴다면, 내가 가진 능력을 활용해서 돈과 권력 그 어떤 것이 됐든 손안에 넣을 수가 있다.

그런데도 생명부지인 사람을 구하기 위해 지금과 같은 짓을 벌이고 있는 것이다.

'나도 알고 있다. 지금 내가 하는 행동이 얼마나 어리석은지 말이야. 하지만 만약 여기서 아무것도 하지 않는다면, 정말 큰 것을 잃어버릴 것 같은 기분이 든단 말이야. 그래서 가만히 있을 수가 없다.'

정확히 무엇이라 단정할 수는 없지만, 지금까지의 나를 지탱해오던 뭔가가 산산이 부서질 것 같은 느낌이었다.

그리고 그 느낌은 결국 날 움직이게 만들었다.

"정훈아, 다시 생각하자. 이건 누구한테 물어봐도 미친 짓이야."

"알고 있어. 그래도 가야할 것 같다."

"야!"

"그럼, 여긴 너한테 맡긴다."

"이 미친 새끼가 진짜!"

"후후."

등 뒤로 들려오는 욕설을 가벼운 웃음과 함께 뒤로하고, 선교를 벗어나기 위해 걸음을 막 옮기려는 순간이었다.

"당당한!"

"……?"

"쪽팔리지 않는 당당한 법조인이 되자!"

고개를 돌린 그곳에는 비록 땀범벅이지만, 그 어느 때보다 진지한 표정으로 나를 바라보고 있는 강대호가 있었다.

"기억하지? 예전에 옥탑방에서 우리 둘이 했던 약속이다. 당당하고 깨끗한 법조인으로 검찰총장까지 가자고 말이야! 그리고 아직 나도, 그리고 너도 이 약속 못 지켰다. 그러니까 이 약속 지키기 전까지는 절대 죽지 마라. 만약 너 잘못되면 내가 절대 용서 안 한다."

한국대학교 입학 당시.

서로 막 친구가 되었을 때 맥주 몇 캔에 취해서 밤하늘의 별을 바라보며, 나눴던 약속이었다.

가슴 한편에 따뜻한 기운이 치밀어 올랐다.

"짜식, 걱정 마. 난 벽에 똥칠할 때까지 금발의 미녀랑 행복하게 살 테니까."

내 대답은 진심이었다.

설령 어떤 상황이 오더라도 반드시 살아남을 것이다.

그리고 그러기에 앞서 내 앞에서 도움을 청하고 있는 사람들 역시 모두 구해낼 것이다.

'고작 이대로 죽을 사람이었다면, 난 애초에 여기까지 오지도 못했어.'

아니, 룰렛이란 물건이 날 처음부터 선택하지도 않았을 것이다.

적어도 내 삶은 고작 이런 위기에 무너질 종류의 것이 아니라고 믿는다.

〈8권에 계속〉